CASTALIA
DIDÁCTICA
6

LA VIDA DE
LAZARILLO
DE TORMES

COLECCIÓN DIRIGIDA POR
PEDRO ÁLVAREZ DE MIRANDA

LA VIDA DE
LAZARILLO
DE TORMES
Y
DE SUS FORTUNAS
Y ADVERSIDADES

EDICIØN DE
ANTONIO REY HAZAS

CASTALIA
DIDÁCTICA

CASTALIA
EDICIONES es un sello propiedad de edhasa

Diputación, 262, 2º1ª
08007 Barcelona
Tel. 93 494 97 20
E-mail: info@edhasa.es

Consulte nuestra página web:
https://www.castalia.es
https://www.edhasa.es

Edición original en Castalia, 1989
Primera edición: noviembre de 2011
Primera edición, cuarta reimpresión: septiembre de 2020

© de la edición: Antonio Rey Hazas, 2011
© de la presente edición: Edhasa (Castalia), 2011, 2018

Ilustración de cubierta: Bartolomé Esteban Murillo: *Niños comiendo uvas y melón* (h.1650-1655, fragmento). Alt Pinakothek, Múnich.
Diseño gráfico: RQ

ISBN: 978-84-9740-397-9
Depósito legal: M.43273-2011

Impreso en Liberdúplex
Impreso en España

SUMARIO

A mi padre

Introducción

I. «El Lazarillo de Tormes»

1. Fecha de composición

Las tres primeras ediciones conocidas del *Lazarillo* (Burgos, Alcalá y Amberes) aparecen en 1554, sin aportar prueba documental alguna sobre su fecha de composición, por lo que se hace necesario acudir a las referencias históricas y a la cronología interna del texto para investigarla.

Con ocasión de la muerte de su padre *«en la de los Gelves»*, Lázaro dice ser *«niño de ocho años»;* y cuando concluye su autobiografía, asegura que *«fue el mesmo año que nuestro victorioso Emperador en esta insigne ciudad de Toledo entró, y tuvo en ella Cortes, y se hicieron grandes regocijos»*. De este modo, su vida queda perfectamente enmarcada y delimitada por dos alusiones históricas concretas, cuya datación precisa podría iluminar, en buena medida, la fecha de composición de la novela.

A ello se ha dedicado la crítica afanosamente, intentando dilucidar si *«la de los Gelves»* es la expedición guerrera de 1510 o la de 1520, y si las Cortes de Toledo son las de 1525 o las de 1538-39, dado que la cronología interna del *Lazarillo* puede adaptarse, con más o menos flexibilidad, a las dos alternativas, ya que Lázaro acaba su relato «como mínimo, a los veintiuno o veintidós»[1] años,

---

[1] Creo imprescindible advertir que, dadas las características de esta colección, me he visto obligado a prescindir completamente de toda referencia bibliográfica, a no ser

de manera que bien pueden ser veinticuatro (1510-1525) o veinti-
siete (1520-1538), a partir de los ocho que tiene al morir su
progenitor, porque en algunos períodos de su autobiografía no se
detalla con exactitud el tiempo que transcurre.

Marcel Bataillon pensó que «*la de los Gelves*» debía ser la expedición que Hugo de Moncada realizara en 1520, por lo que las
citadas Cortes serían las de 1538-39. Sin embargo, como bien
razonó Manuel J. Asensio, la aventura militar conocida como «*la
de los Gelves*» no podía ser esa simple operación de 1520, que sólo
pretendía limpiar la isla de piratas, tan intrascendente que ni
siquiera se cita en el *Sumario* del P. Mariana del mismo año; sino la
efectuada en 1510 al mando de Don García de Toledo, que
pretendía ambiciosamente iniciar la conquista del norte de África,
y fue un completo desastre, tristemente famoso por su magnitud.
De este modo, las aludidas Cortes tienen que ser las celebradas en
1525, porque además son las verdaderamente victoriosas *(«victorioso Emperador»)* y alegres *(«se hicieron grandes regocijos»)*, debido a
que tuvieron lugar después de la batalla de Pavía, mientras que las
de 1538, tras la paz de Niza —que no suponía éxito para España—
y la derrota de Andrea Doria a manos de Barbarroja, no ofrecían
motivo alguno de festejo, y menos aún si tenemos en cuenta que
estas Cortes no cedieron ante las peticiones económicas del Emperador, que las abandonó, por ello, malhumorado.

También se ha tenido en cuenta la alusión a «*los cuidados del rey
de Francia*», pensando en que podía referirse a la prisión de Francisco I en Madrid, tras Pavía, en 1525. Sin embargo, lo más probable
es que se trate de una frase proverbial, sin más trascendencia.

El último dato importante a considerar se cifra en la interpretación histórica de una referencia, un tanto imprecisa, a cierta
prohibición mendicante: «*como el año en esta tierra fuese estéril de pan,
acordaron el Ayuntamiento que todos los pobres extranjeros se fuesen de la
ciudad, con pregón que el que de allí adelante topasen fuese punido*».

que, como en este caso (Francisco Rico, *Introducción* a su edición del *Lazarillo*,
Barcelona, Planeta, 1976, p. XI), al transcribir palabras textuales de algún estudioso
omitiendo su nombre, la cita sea inexcusable. No obstante, quiero hacer constar mi
deuda no sólo con los trabajos citados en la *Bibliografía*, sino también con otros que no
se mencionan en ella, habida cuenta de su carácter muy selectivo.

Los que piensan en una fecha temprana (1525-1530) para la composición del *Lazarillo*, entienden que la cita se explica perfectamente por los actos de policía normal de las ciudades antes de 1525; en concreto, creen que puede referirse a la pragmática dictada por las Cortes de Valladolid, reunidas en 1518 y 1523, que obligaba a que los mendigos vivieran en sus pueblos de origen; y también a las Cortes de Toledo de 1525, que prohibían pedir limosna a los pordioseros que no tuvieran permiso para hacerlo.

En cambio, quienes opinan que el *Lazarillo* se escribió poco antes de su publicación, interpretan la alusión como un reflejo de la situación histórico-social, característica de la década que va desde 1540 hasta 1550; en particular, de la ley dada por el Consejo Real en 1540, hecha pública cinco años más tarde, según la cual no se permitía que los pordioseros pidieran limosna fuera de sus lugares naturales, y aun en estos debían llevar una cédula de identificación que los acreditara como verdaderos pobres. Estas disposiciones de 1545 originaron, en el mismo año de su promulgación, una interesante polémica sobre ellas entre fray Domingo de Soto *(Deliberación en la causa de los pobres*, Salamanca, 1545) que las censuró con dureza, y fray Juan de Robles *(De la orden que en algunos pueblos de España se ha puesto en la limosna para remedio de los verdaderos pobres*, Salamanca, 1545), que polemizó con el primero en defensa de la ley. El carácter apasionado e inmediato de la polémica «persuade por completo de que se trataba de medidas que se imponían por primera vez en aquellos años, única explicación del apasionamiento que suscitaban...: El *Lazarillo* no es sólo posterior a esa polémica, sino que además se hace eco de ella en forma relativamente clara».[2]

De modo que, en definitiva, lo más probable es que «*la de los Gelves*» sea la expedición militar de 1510, las «*Cortes*» de Toledo, las celebradas en 1525, y la referencia mendicante que acabamos de analizar sea un reflejo de la ley y de la polémica subsiguiente del año 1545. Si ello es así, quiere decirse que de la datación de la

[2] F. Márquez Villanueva, «La actitud espiritual del *LdT*», en *Espiritualidad y literatura en el siglo XVI*, Madrid, Alfaguara, 1968, pp. 126-7. Es más, con seguridad posterior a 1546, como ha demostrado A. Redondo.

campaña guerrera y de las Cortes no se puede inducir que el *Lazarillo* sea una obra escrita hacia 1530, porque la alusión social a la situación de los mendigos es quince o veinte años posterior, y también porque, aun en el caso de que la situación mendicante aludida se ubicara entre los años 1518 y 1525, esto no supondría prueba concluyente alguna de que la novela tuviera que estar forzosamente realizada por esas fechas, ya que el autor bien podría haber situado los hechos de su relato con veinte años de anterioridad a la fecha de su realización. La datación rigurosa y precisa de las distintas referencias no es más que una aproximación, pero nunca puede ser una prueba irrefutable de la fecha en que se escribió la narración, que permanecerá en el aire de las hipótesis hasta que se descubra un documento claro, objetivo e incontrovertible. Mientras esto sucede, lo más lógico es pensar que la obra fue escrita inmediatamente antes de su publicación, porque su carácter polémico y su éxito rotundo así parecen indicarlo, si nos dejamos guiar por el sentido común.

2. El autor

El hecho de que una creación literaria de la categoría estética del *Lazarillo* sea anónima ha interesado a multitud de investigadores, atraídos por la posibilidad de encontrar la identidad que se oculta en el anonimato. Las hipótesis al respecto son múltiples y variadas, con visos de aceptabilidad, unas; totalmente inaceptables, otras. Veámoslas, sucintamente.

Una de las atribuciones más atractivas, defendida en época reciente por M. Bataillon, se centra en fray Juan de Ortega. Esta autoría, la más antigua de todas, fue propuesta en 1605 por otro fraile jerónimo, fray José de Sigüenza, que, en su *Historia de la Orden de San Jerónimo*, escribe lo siguiente de su «hermano»:

> Dicen que siendo estudiante en Salamanca, mancebo, como tenía un ingenio tan galán y fresco, hizo aquel librillo que anda por ahí, llamado *Lazarillo de Tormes*... El indicio desto fue haberle hallado el borrador en la celda de su propia mano escrito.

La paternidad de este religioso es, ciertamente, posible, ya que era un humanista amante de las letras, que llegó a ser General de su Orden entre 1552 y 1555. Su condición de eclesiástico explicaría, además, los diversos juegos de palabras con textos evangélicos, puesto que estaría muy familiarizado con ellos. No existe, por otra parte, incompatibilidad alguna entre el anticlericalismo de la novela y la condición religiosa de su hipotético autor, porque los eclesiásticos reformados criticaron duramente la avaricia y falta de caridad del mismo clero. Finalmente, esta autoría podría explicar perfectamente el carácter anónimo del *Lazarillo*, pues estaría motivado, de ser así, por la profesión religiosa de su creador. Con todo, la cuestión es dudosa, pues ni siquiera la atribución de un contemporáneo es absolutamente fiable.

Otra paternidad temprana, muy poco posterior, y, esta vez, dudosamente aceptable, es la que se refiere a don Diego Hurtado de Mendoza. En 1607 Valerio Andrés Taxandro escribía en su *Catalogus clarorum Hispaniae Scriptorum* que Hurtado de Mendoza «compuso también poesía en romance y el libro de entretenimiento llamado *Lazarillo de Tormes*». Un año después, A. Schott —*Hispaniae Bibliotheca*— reiteraba que: «se piensa ser obra suya el *Lazarillo de Tormes*». Esta atribución, recogida por los bibliógrafos Tamayo y Vargas y Nicolás Antonio —éste cita también el nombre de fray Juan de Ortega— hizo fortuna durante el siglo XIX, y ha sido defendida incluso en el XX, a pesar de su más que probable falsedad.

Bastante más verosímil, en cambio, es la teoría que apoya la candidatura de Sebastián de Horozco, ya que se da una importante coincidencia de temas, motivos y recursos estilísticos entre las obras del escritor toledano y el *Lazarillo*.[3] Aunque, como bien ha objetado Manuel José Asensio,

> apenas se analizan estas coincidencias, destácanse obvias discrepancias en sensibilidad, preocupaciones artísticas, morales y religiosas, poder creador y hasta en lengua —limpia y casta en el *Lazarillo*,

---

[3] F. Márquez, «Sebastián de Horozco y el *LdT*», *Revista de Filología Española*, XLI, 1957, pp. 253-339.

sucia y desvergonzada con demasiada frecuencia en Horozco—; en resumen, no nos dan la menor muestra que eleve a Horozco de su medianía como artista a las cimas del genio.

Este último estudioso defiende, por su parte, la autoría de Juan de Valdés (tras los pasos de Morel-Fatio, que había concedido la paternidad a una persona del círculo de los hermanos Valdés, citando incluso al propio Alfonso, porque había publicado anónimo su *Diálogo de Mercurio y Carón* y porque el anticlericalismo del *Lazarillo* le parecía erasmista). Afirma M. J. Asensio que las ideas patentes en el *Diálogo de la lengua* —verosimilitud en el arte, estilo llano, utilización de elementos populares— y en el *Diálogo de la doctrina cristiana* —concepto interno de la honra, condenación de la falta de caridad y del materialismo— aparecen claras en el *Lazarillo*, que, de ese modo, queda vinculado a Juan de Valdés. Si la hipótesis es, como todas las demás, cuestionable, al menos está fundamentada y tiene ciertas, aunque no totales, posibilidades de aceptación.

Otros investigadores han relacionado la genial novela con diversos escritores, que van desde Lope de Rueda —ésta atribución absurda, si las hay— hasta Pedro de Rhúa —también inaceptable—, pasando por Hernán Núñez, Alfonso de Valdés, o un desconocido converso —como quiere Américo Castro, en una hipótesis que solucionaría muchos problemas, de ser cierta—.

En definitiva, pues, no existe certeza sobre la identidad del autor del *Lazarillo de Tormes*, a pesar de los ingentes esfuerzos de la crítica, ya que en ningún caso hay razones objetivas concluyentes, por lo que la obra permanece con la misma anonimia de su nacimiento.

3. *Tradición y originalidad*

3.1. *Fuentes folklóricas*

Competentes investigadores han demostrado que los materiales que constituyen el contenido del *Lazarillo* proceden, en su mayor parte, de fuentes folklóricas y de la realidad española. Ya el nombre del pícaro, Lázaro, soporta una tradición que designa pobres y míseros, desde el mendigo así llamado del Evangelio, hasta refranes como «Más pobre que Lázaro», o «Por Lázaro laceramos...», que implican una asociación entre el nombre del antihéroe y la familia léxica «laceria», «lacerar», «lazrar», etc. Además, el nombre conlleva también una significación tradicional de malicia, por estar ligado seguramente a un típico «figura» de fabliella,[4] a juzgar por *La lozana andaluza* (Venecia, 1528), en la que se lee lo siguiente: «¿Por qué aquella mujer no ha de mirar que yo no soy Lazarillo, el que cabalgó [en acepción sexual] a su abuela, que me trata peor?»

El episodio del ciego tiene todo él nítidos antecedentes en el folklore, a excepción del engaño de las uvas, entroncados con la tradición fabliellesca del ciego y su lazarillo, como se demuestra en las viñetas que ilustran una edición del siglo XIV de las *Decretales* de Gregorio IX, en las que se representa al mozo de ciego bebiendo su vino del jarro mediante una paja, o abriendo el fardel de las provisiones.

Lázaro trueca una longaniza —que se come— por un nabo, y el ciego le descubre por el aliento. Después, en el último episodio con el invidente, el pícaro se burlará de él, haciéndole darse un golpe contra un poste, tras el que le dice burlescamente: «*¿Cómo, y olistes la longaniza y no el poste?*» El *Cancionero* de Sebastián de Horozco transcribe una situación semejante, en la que el lazarillo dice al ciego:

> Pues que olistes el tocino,
> ¿cómo no olistes la esquina?

El chiste que intercalan ambos textos es usual en la tradición popular española y europea.

En el tratado II, Lázaro aparece al servicio del clérigo de Maqueda, ruin y mezquino según conocida tradición folklórica, a

---

[4] *fabliella*: cuentecillo de tradición oral y mayor desarrollo que el chiste, cuya estructura se cifra en la narración o engarce de dos cuadros incongruentes, buscando el efecto cómico-burlesco de la sorpresa inesperada que aporta el segundo. Su personaje tópico es denominado «figura», y, a veces, un mismo figura reaparece en diferentes fabliellas, como fue, posiblemente, el caso de Lazarillo.

la que pertenece igualmente la creencia de que las culebras se acercan a los lugares donde duermen niños, y el testarazo que el muchacho recibe por silbar a través de la llave mientras duerme — se pensaba que las serpientes también lo hacían—. Con todo, este episodio no tiene demasiadas fuentes tradicionales, aunque sí se explica por la realidad social del momento, pues diversas leyes obligaban a que los niños mendigos fueran puestos bajo la tutela de algún amo o, si no, castigados. Por ello Lazarillo es mozo del avaro eclesiástico.

El tipo de escudero que aparece en el tratado III, tan diferente del medieval, goza de amplia tradición popular, como demuestra, por ejemplo, el proverbio «Escudero pobre, rapaz adevino», glosado por Sebastián de Horozco en el sentido de que un hidalgo pobre no puede esperar obediencia ni consideración de su criado. Dentro de este capítulo, el temor de Lázaro ante el planto de la viuda por su marido, cuando alude a «*la casa triste y desdichada, a la casa lóbrega y obscura, a la casa donde nunca comen ni beben*», que el muchacho interpreta como la «mansión» del escudero, sirve para introducir un cuento popular de tradición árabe añeja, que después, a raíz del *Lazarillo*, pasó al Refranero español, ya que Correas recoge frases proverbiales como «Casa de Lazarillo de Tormes», o «Vive en casa lóbrega, de Lazarillo de Tormes».

Incluso la treta del buldero puede tener un origen folklórico, aunque lo más probable es que su fuente sea la cuarta narración del *Novellino* de Masuccio Salernitano, pues la añagaza del falso milagro es similar, si bien el italiano utiliza un supuesto brazo de San Lucas, mientras que el *Lazarillo* se sirve de la bula de Santa Cruzada.

En definitiva, pues, la deuda del *Lazarillo* con diversos chistes, chascarrillos, refranes y cuentos folklóricos es sumamente considerable.

3.2. *Modelos estructurales*

El principal módulo constructivo del *Lazarillo* es, sin duda alguna, la autobiografía o pseudoautobiografía, por lo que iniciaremos el rastreo de los orígenes morfológicos de la obra por este recurso, siguiendo las directrices del estudio fundamental sobre esta cuestión del profesor Lázaro Carreter.

Tradicionalmente, se ha relacionado la autobiografía de Lázaro con la utilización que del recurso hacen obras como el *Libro de buen amor* de Juan Ruiz o *Las Confesiones* de San Agustín, sin que haya necesidad alguna de acudir a tan lejanos modelos para explicarla. Porque durante los primeros cincuenta años del siglo XVI, merced a los continuos intentos de renovación de las fórmulas narrativas añejas, el «yo» autobiográfico aparece en numerosas obras inmediatamente anteriores o coetáneas, como la traducción del *Asno de oro* de Apuleyo, la *Isea* de Núñez de Reinoso; el *Viaje de Turquía* de Andrés Laguna, el *Abencerraje*, el *Crotalón* y los diversos diálogos erasmistas. Con ello, queda perfectamente situada la autobiografía del *Lazarillo* en el seno de las tendencias contemporáneas de innovación constructiva de los recursos novelescos. El *Asno de oro*, en concreto, es el modelo autobiográfico más próximo al de la primera novela picaresca española, ya que coinciden en aspectos fundamentales, como que el protagonista narra sus aventuras directamente, que la narración se articula mediante episodios engarzados, o que el asno, igual que Lázaro, sirve a varios amos y relata las penalidades que pasa con ellos.

No obstante, el *Lazarillo*, además de una pseudo-autobiografía, es también una carta *(«Vuestra Merced escribe se le escriba y relate el caso...»)*; es decir, tiene la estructura de una epístola autobiográfica, cuyo modelo como tal se encuentra en las cartas-coloquio que se leían en los cenáculos literarios de la época, al modo concreto de las de Villalobos —conocido médico chocarrero—, en las que se observan los rasgos decisivos siguientes: *a)* contestación a la petición de un amigo destinatario, *b)* con varias referencias a él en el relato, que sirven para estructurarlo, y *c)* con un estilo desenvuelto y conversacional.

3.3. El «Lazarillo» ante su tradición

La originalidad profunda de la obra fue ya apuntada por Marcel Bataillon, que, aun después de analizar pormenorizadamente sus fuentes folklóricas, afirmaba que las diversas facecias, historietas, chascarrillos y refranes se integraban perfectamente en la narración, sin que se notaran extrañas a ella, gracias al compacto sentido realista que el «yo» autobiográfico les daba. María Rosa Lida dio un paso más, asegurando que la deuda del anónimo quinientista con el folklore no era tanta ni tan importante como quería el hispanista francés, y sus innovaciones mayores de lo que pensaba, ya que los motivos populares «funcionan —dice la profesora argentina— todos como elementos formales, para marcar interrelación y graduación del relato, es decir, con arte diametralmente opuesto a la mera serie».

Ahondando en esta línea, Fernando Lázaro Carreter ha demostrado con precisión el debe y el haber de la novelita, fijando rigurosamente el mecanismo, alcance y trascendencia de sus innovaciones morfológicas fundamentales.

Así, mientras que en libros de caballerías, novelas sentimentales o pastoriles y creaciones del folklore el héroe es intemporal —porque su niñez apenas si aparece y se le presenta siempre en su juventud o madurez, sin cambios de tiempo ni de personalidad—, en el *Lazarillo* aparece desarrollado en su evolución temporal, desde la niñez, que ahora se trata cronológicamente, hasta la juventud.

Además, el autor selecciona únicamente los materiales folklóricos que se adecúan a su propósito, readapta unos e inventa otros, y articula todos mediante una serie de paralelismos y simetrías [5] magistralmente realizados, de tal manera que el conjunto del relato ofrece un organismo cerrado y coherente, muy lejos de las narraciones, folklóricas o no, anteriores —*Asno de oro*, *Amadís de Gaula*, *Till Eulenspiegel*—, cuyos episodios se encadenaban en una sarta desordenada e inorgánica, en la cual los sucesos no tenían más importancia unos que otros, ni un lugar estricto, ni existía orden jerárquico alguno.

La primera novela picaresca es también la primera novela moderna, porque (además de lo señalado) traba sus episodios entre sí mediante rigurosa jerarquía, y los engarza conjuntamente en función del final de la autobiografía, constituido en núcleo que explica

---

[5] Véanse, más adelante, las *Orientaciones para el estudio del Lazarillo*.

y justifica los demás elementos, a la par que cierra constructivamente la narración.

Finalmente —dejadas a un lado interesantísimas novedades de detalle, por razones obvias de extensión—, la originalidad del anónimo se fundamenta en la condición social de su héroe y narrador, un ser humilde y bajo, hijo de un molinero ladrón y de una lavandera amancebada con un morisco. Este hecho, aparentemente insustancial, es algo insólito y revolucionario, por la fecha de su realización, en la historia de la literatura española, pues —aparte de *La Celestina* y *la Lozana andaluza*— nadie había hecho nada semejante. Y es que implicaba una rebelión contra la teoría retórica medieval de los tres estilos, según la cual a un personaje humilde correspondía necesariamente un tratamiento cómico y ridiculizador en *«grosero estilo»*. El autor del *Lazarillo*, en cambio, penetró cordialmente en su personaje, profundizó en él, y, lejos de ridiculizarlo, lo convirtió en eje absoluto de su creación, haciéndole simultáneamente héroe y narrador. De este modo, el camino para la novela moderna quedaba abierto.

En conclusión, pues, la autobiografía de Lázaro, que utiliza materiales y técnicas folklóricas constantemente, supera esa tradición, desde una perspectiva globalizadora, mediante la subordinación de todos esos elementos a un núcleo morfológico axial, a un personaje central y a una intención semántica que dan orden, coherencia y sentido unitario a la novela.

II. Acercamiento al género del «Lazarillo»: La novela picaresca

1. *Fenómenos que explican el nacimiento de la novela picaresca*

1.1. *La mendicidad*

Existe una postura crítica, archirrepetida desde antiguo, según la cual los relatos picarescos vieron la primera luz en España —siglos XVI y XVII— a raíz de una determinada situación histórico-social: la desmesurada abundancia de vagabundos, mendigos y malhechores. Sin embargo, conforme han aclarado recientes investigaciones, no es este un hecho necesariamente condicionante, puesto que está demostrado que había parejo número de pedigüeños y truhanes en Inglaterra, Francia, Alemania e Italia, por las mismas calendas. De modo que la superabundancia mendicante no explica, por sí sola, el alumbramiento español de la novela picaresca, pues, si así fuera, si lo explicara, ¿por qué no nació el género en cualquier otro país europeo de los que presentaban un marco social parejo fuertemente bribiático? Se hace, pues, necesario indagar otras vías, si queremos hallar una solución plausible.

Para Alexander A. Parker, la génesis de la picaresca se explicaría por una tendencia de la época, propiciada por la rigidez de los fuertes convencionalismos del honor que dominaban la sociedad española: el anhelo de libertad. Y no parece ir descaminado, ya que es frecuente que los pícaros realicen alabanzas de su vida libre e independiente de cualquier código rector de las relaciones sociales. Mateo Alemán, por ejemplo, hace que su héroe, Guzmán de Alfarache, se afane una y otra vez por volver a su vida de pícaro, mendigo o esportillero, en persecución de la buscada libertad picaresca. Juan de Luna, por su parte, pone en boca de su segundo Lazarillo ansias de libertad picaral semejantes.

M. Bataillon, de otro lado, planteó la cuestión adoptando una perspectiva diferente, original y más concreta: estudiar las polémicas acerca de la reforma de la mendicidad en España, así como las obras hispanas que la propugnaban, en relación con las novelas picarescas. Después de analizar los escritos reformistas de esta índole, que van desde el *De subventione pauperum* de Luis Vives, hasta el *Amparo de los legítimos pobres y reducción de vagabundos* de Cristóbal Pérez de Herrera, pasando por obras de temática similar de Juan de Ávila, Domingo de Soto, etc., el gran hispanista galo concluía que no existía relación genética entre estos escritos y las narraciones picarescas, ya que ni el *Lazarillo* ni el *Guzmán* demostraban intención alguna de renovar las estructuras benéficas.

Sin embargo, Márquez Villanueva, Mauricio Molho y A. Redondo han encontrado nexos directos entre las medidas y escritos que pretendían paliar el problema del pauperismo y la intencionalidad del *Lazarillo de Tormes*; y Edmon Cros ha hecho lo propio con respecto al *Guzmán de Alfarache*, al descubrir que Mateo Alemán, en carta dirigida a su amigo arbitrista Cristóbal Pérez de Herrera, llega incluso a afirmar que ha escrito su relato *(El Pícaro)* para coadyuvar a la reforma de la beneficencia, pues dice lo siguiente:

> ... lo que sólo pretendo tratar tocante a la reducción y amparo de los mendigos del reino..., por haber sido ese mi principal intento en la primera parte de el *Pícaro* que compuse, dando a conocer algunas estratagemas y cautelas de los fingidos [se refiere a los pobres falsos]...

De manera que, concluyendo parcialmente, hay que admitir cierta influencia de la mendicidad en la génesis de la picaresca, sólo que no de su mayor o menor abundancia en España, sino de los generalizados anhelos de reformarla, que llegan hasta Mateo Alemán. Con todo, creo necesario advertir que la incidencia de esta realidad social es mínima, si se la compara con otra del mismo jaez, absolutamente fundamental, que analizaremos más adelante: la situación de los conversos y el problema de la honra.

1.2. *Una reacción histórico-literaria*

Pasemos ahora a revisar otra hipótesis tradicional, ésta de condición puramente literaria. Me refiero a la añeja interpretación según la cual la picaresca surge como una parodia de los libros de caballerías y de la épica en general; teoría que, al igual que la anterior, está actualmente superada. Y es que, aunque podamos establecer algunos rasgos de contraposición entre Lázaro y Amadís —uno es hijo de padres viles y humildes, el otro de nobles reyes; a uno llaman Lázaro de Tormes, al otro dicen Doncel del mar—, la correlación antitética de elementos no prosigue, no es continua, por lo cual no podemos admitir que el origen de la novela picaresca tenga su inicio en el deseo de parodiar la literatura caballeresca de la época. No obstante, esta teoría puede ser matizada y aceptada conforme a las dos siguientes líneas:

a) *Actitud antiheroica ante la épica y los libros caballerescos*, como ya señalara A. Castro, pues si es cierto que no hay intención paródica, no es menos cierto que sí existe un claro deseo de oponer el mundo de la falta de ideales, el deshonor y la cobardía, al mundo épico-caballeresco del amor sublimado, el honor y el valor. «El pícaro es —dice bien A. Castro— el antihéroe, y la novela picaresca nace sencillamente como una reacción antiheroica, en relación con el derrumbamiento de la caballería y de los mitos épicos.»

b) *Presentación de una alternativa distinta ante las novelas pastoriles y bizantinas*, porque mientras éstas buscan la libertad en un mundo imaginario y fantástico, carente de toda realidad, la picaresca persigue la consecución de esa libertad dentro de la vida misma tal como es.

1.3. *Erasmismo y Contrarreforma*

Por otro lado, desde una perspectiva religiosa, hay que tener en cuenta la impronta causada en el de Tormes y su progenie por las ideas de Erasmo y del Concilio de Trento. El carácter erasmista de la actitud religiosa del *Lazarillo* ha sido negado por unos y defendido por otros, por lo que no se puede afirmar sin paliativos que el espíritu crítico de la picaresca nazca de él. Sin embargo, aunque dejemos al margen este problema —que analizaremos en su momento—, no tenemos otra alternativa que reconocer la influencia del erasmismo en otro sentido. Y es que Juan de Valdés, Juan Luis Vives y otros seguidores de Erasmo criticaron los libros de caballerías por su inverosimilitud y falta de valores didácticos, posibilitando así el ambiente de verosimilitud y realismo en que apareció el *Lazarillo*. Luego, cuando menos desde esta perspectiva, es obvio que el erasmismo jugó su baza en el alumbramiento de la novela picaresca. Dentro de esta misma línea, los escritores contrarreformistas censuraron libros de pastores y caballeros por su carencia de moralidad, motivada por no estar situados los hechos que narraban en la realidad. En este marco postridentino que anhela la verosimilitud didáctica, nace el *Guzmán de Alfarache*, relato cuya estructura mezcla aventuras y digresiones morales, para que el verismo funcione como soporte moral de una enseñanza religiosa.

Además, y a diferencia del erasmismo, la Contrarreforma ha condicionado de otro modo la génesis, estructura y sentido de la narrativa picaresca, como sostiene Miguel Herrero, para quien el género irrumpe en España porque

> es un producto seudoascético, hijo de las circunstancias peculiares del espíritu español, que hace de las confesiones autobiográficas de pecadores escarmentados un instrumento de corrección.

Va aún más lejos este investigador, y detrás de la relación genética, ligado a ella, surge un más relevante parentesco estructural, según el cual «la novela picaresca es un sermón con alteración de proporciones de los elementos que entran en su combinación». Es decir, un sermón invertido, en el cual, en vez de tener importancia básica la parte teórico-doctrinal, ocupa el lugar principal la parte de aplicación práctica. La novela picaresca, pues, se diferenciaría morfológicamente del sermón en que los ejemplos destacan en ella más que las sentencias, al contrario de lo que acaece en las prédicas religiosas. Y ello porque, en definitiva, los relatos picarescos no serían más que «autobiografías o confesiones de pecadores escarmentados: los pícaros».

Esta hipótesis, ciertamente válida en numerosos aspectos, peca de exageración genérica. No hay duda, a lo que creo, de que es aplicable al *Guzmán*, y, a través de él, implica a narraciones como *La Pícara Justina* (aunque esta novela sea una parodia de todos esos elementos ascético-picarescos), *Marcos de Obregón* o *Alonso, mozo de muchos amos*. Pero tampoco hay duda de que no sirve para explicar narraciones como el *Lazarillo* o el *Buscón*, a causa de lo cual se viene abajo desde un punto de vista global. Es, por ello, hiperbólica la afirmación de Herrero García, cuando dice que: «la génesis de este género novelesco... hay que buscarla en el movimiento de reforma que sacudió a España después del Concilio de Trento». No obstante, atenuada y matizada, entendida sólo como una de las motivaciones —y no la más importante— que originan el nacimiento de la picaresca, se puede mantener con objetividad.

1.4. Los conversos (la honra y la limpieza de sangre)

Una de las construcciones críticas más sólidas y atractivas acerca del alumbramiento de la novela picaresca sostiene que dicho género español del Siglo de Oro es, básicamente, creación de «cristianos nuevos», esto es, de «confesos» de origen judío. A. Castro destacó, entre otros, el hecho de que en el *Lazarillo* se nombraba varias veces a Dios, y ninguna a Jesucristo, para corroborar su teoría; afirmando, además, que el anticlericalismo de la novela no era medieval ni erasmista, sino producto de la protesta de un marginado muy concreto de la sociedad áurea española, esto es, de un converso. Como, por otra parte, resulta que los primeros seguidores del *Lazarillo*, Mateo Alemán (*Guzmán de Alfarache*, 1599-1604) y Francisco López de Úbeda (*La Pícara Justina*, 1605) son también descendientes de judíos, la novela picaresca bien podría tener su causa motriz en dicha casta secularmente discriminada: el nuevo género sería la expresión de su rebeldía contra la sociedad hispana de los siglos XVI-XVII, manifestada, así, en cauces narrativos.

Fue, con todo, M. Bataillon quien dio consistencia científica al edificio irregular de Castro, mediante el análisis ponderado de los problemas del honor y la limpieza de sangre en los relatos picarescos.

En efecto, si analizamos las novelas, podemos comprobar la crítica constante contra el concepto externo y superficial de la honra que regía las relaciones sociales entre los españoles del Siglo de Oro. Es lícito, por ejemplo, que Lázaro se siente en el suelo y vista harapos, pero no lo es que haga lo propio el escudero, que no puede llevar sus ropas arrugadas. Del mismo modo, los hidalgos pobres con que se reúne Pablos para pedir limosna se tienen que disfrazar de «pobres vergonzantes», al igual que la pícara Justina. Y todo ello es porque el honor se concibe como algo meramente superficial que radica en puras apariencias exteriores, en la indumentaria.

Otro aspecto de la condenación del concepto social de la honra se fundamenta en su dependencia del dinero. Por eso, el pícaro Guzmán de Alfarache nace en el seno de una familia «cargada de honor» (a pesar de que su madre es una prostituta, hija de otra, y su padre un estafador adúltero, además de doblemente renegado y con tintes de homosexual), puesto que tiene fortuna suficiente. Más adelante, cuando Guzmán llega a Italia, es muy mal recibido por sus parientes genoveses, que le hacen objeto de una pesada burla, porque está en la miseria. En cambio, a su regreso a Génova desde Roma, será espléndidamente recibido por esos mismos parientes, pues en esta ocasión parece ser portador de bienes abundantes. Entonces, Guzmán se vengará de la antigua afrenta mediante una ingeniosa estafa, lo que significa vengarse en honra, ya que ésta reside en el dinero: despojándoles de sus bienes, les quita su honor.

Este tipo de sucesos demuestra que «las preocupaciones por la decencia —en palabras de Bataillon—, la honra externa y las distinciones sociales penetran toda la materia picaresca y sirven para explicar sus complejos contenidos mucho mejor que una voluntad de pintar de un modo realista los bajos fondos sociales».

A todo lo anterior hay que unir la insistencia de los textos picarescos en la «impureza de sangre» de sus protagonistas. No aparece explícito el tema en el *Lazarillo*, pero a partir del *Guzmán* la mayor parte de los pícaros carecen de «limpieza de sangre», por tener entre sus ascendientes algún «cristiano nuevo». Particularmente significativo es el caso de Justina, que, a pesar de su obvia herencia judía, se jacta burlescamente de ser hidalga, autodenominándose «Pícara montañesa» —porque se pensaba en la época que La Montaña era cuna segura de hidalguía—, y se hace pasar por morisca, mofándose así de los prejuicios de la España de las tres castas.

En definitiva, pues, los problemas fundamentales de estas narraciones denuncian la discriminación social para con los confesos. Justina, Pablos y Guzmán no pueden progresar en la escala social porque, además de ser pícaros de ascendencia ignominiosa, son cristianos nuevos. De este modo, los pícaros denuncian los enormes obstáculos que la honra y la limpieza de sangre suponían para los conversos, cuando éstos pretendían acceder a cualquier puesto de cierta categoría social. La novela picaresca refleja, pues, la protesta, anhelos y angustia —bien es cierto que sólo en los primeros pasos del género, a lo que creo— de dicha casta, marginada por los privilegios de la hidalguía y de la vieja cristiandad.

1.5. Afán de integración/rechazo: ¿una lucha social?

El profesor E. Tierno Galván, partiendo del axioma que entiende que «el método más valioso para entender un fenómeno cultural es buscar su fundamento de clase», ha interpretado que la picaresca es la novela del proletariado barroco, lo que constituye, en mi opinión, un error considerable, puesto que el pícaro y sus adláteres —lo que podría, mejor o peor, identificarse con un supuesto proletariado barroco— son personajes manipulados siempre por escritores que, en ningún caso, se preocupan lo más mínimo, ni intentan defender en absoluto al pueblo llano; es más, lo único que les mueve atañe a intereses de clase social que van desde la burguesía para arriba, nunca hacia abajo. No obstante, una vez dicho esto, creo que su trabajo puede ser plenamente aprovechable, si pensamos que el hipotético proletariado es sólo el instrumento que utilizan los conversos, en primer lugar, y otros, después, a fin de proteger intereses socio-morales que nada tienen que ver con los del pícaro y su grupo social.

Tierno plantea dos hipótesis, según las cuales el género picaresco estaría íntimamente relacionado con la posibilidad o imposibilidad de escalar la pirámide social española barroca; y en esto sí lleva razón.

La primera hipótesis parte del hecho histórico generalmente aceptado de que no hay burguesía en la España de los aledaños de 1600, por lo que sólo existen dos clases sociales operantes: la nobleza y el proletariado. Esto origina que la novela picaresca sea el género que describe al proletariado desde la perspectiva de la nobleza, a través de los conversos; los cuales, debido a su carácter intermedio de integrados de hecho en la clase aristócrata por su dinero, aunque marginados psicológicamente por su herencia «manchada», por su sangre impura, son quienes se dan cuenta cabal de que el comportamiento del pobre es una parodia del rico, desde el punto de vista de la realidad objetiva, puesto que los pícaros reaccionan como si fueran ricos, a pesar de que su contexto social y vital es radicalmente distinto: de ahí la parodia; de ahí su hábil utilización, por parte de los cristianos nuevos, no en defensa del pueblo, sino contra la nobleza, contra su supuesta superioridad ético-social, a lo que creo.

La novela picaresca sería, desde esta óptica, testimonio de la movilidad social, de la viabilidad de trepar algunos peldaños en la escala social, merced a que, como exponen *Guzmán de Alfarache* y *La Pícara Justina*, sólo hay dos linajes en el mundo: «tener» y «no tener».

Con todo, el comportamiento de los pícaros es contradictorio, pues si, por un lado, critican el sentido superficial del honor (basado en dinero, vestido, porte, apariencias, etc.), por otro, adoptan la actitud que antes criticaban, con la mira puesta en lograr su ascenso social. Esta contradicción, sin embargo, se explica perfectamente, no sólo por la homogeneidad ideológica que la Iglesia española áurea impuso a todas las categorías de la sociedad, sino también por la peculiar situación de los conversos, dispuestos a aceptar las normas del honor, si era necesario, para integrarse en la nobleza, pero impedidos o dificultados por una serie de trabas —fundamentalmente los conocidos «estatutos de limpieza de sangre»— que, paradójicamente, daban más facilidades de ascenso al pueblo llano, siempre cristiano viejo a causa de lo oscuro y desconocido de su linaje.

La segunda hipótesis, la opuesta, sostiene —y es lo que parece obvio— que la picaresca es la novela del inmovilismo social. Dada la homogeneidad ideológica sostenida por la Iglesia, dado que esa ideología es la de la aristocracia dominante, que naturalmente defiende sus privilegios de clase, no hay posibilidad de remontar la pirámide jerárquica. Los pícaros, ciertamente, elevan su categoría durante una fase de sus vidas (ofreciendo así pruebas de la posibilidad de ascenso), pero al final terminan siempre retornando a su primitiva condición, con lo que ratifican el inmovilismo. Esta teoría inmovilista aumenta su solidez, si admitimos la existencia de una burguesía en el Siglo de Oro español; de una clase social enriquecida e industriosa, pero sin conciencia ideológica de clase propia, homogeneizada, en este sentido, con la nobleza, a la que aspiraba fervientemente. Y es que, para estos burgueses conservadores que probablemente escribieron las narraciones picarescas (en un principio, casi todos conversos), *el inmovilismo social era un dogma indiscutible en tanto que referido al proletariado*, por lo que «no hay en nuestro Siglo de Oro nada más conservador, pesimista e inmóvil que una gran novela picaresca» (en palabras de Tierno Galván).

Así pues, las tensiones sociales entre conversos y nobleza están en la base motriz de la novela picaresca.

1.6. *A modo de conclusión parcial: en el centro el honor*

Una vez examinadas sucintamente las cuestiones referentes a la génesis del género picaresco, es necesario concluir que hay diferentes elementos que coadyuvan a su aparición: es evidente la influencia ejercida por el mundo de los mendigos y por las reformas de la beneficencia anejas a dicho ámbito; asimismo, es obvia la impronta, ésta capital y decisiva, de los cristianos nuevos en la génesis del género. También el anhelo de libertad está en el germen de la picaresca, como una vía de escape realista para los lectores cortesanos de la España Imperial, atosigados de cargas convencionales y sujetos a las rígidas normas del código del honor y de la moral católica. De igual modo está presente la influencia de los movimientos de reforma religiosa que apuntábamos anteriormente. Sin embargo, la realidad social española por sí sola no podría explicar suficientemente el nacimiento del género, porque es claro que en todo movimiento literario intervienen factores de orden meramente estético. Así, podemos establecer, en el origen del pícaro, su actitud antiheroica, de igual manera que su autobiografía se explica genéticamente como oposición a las ficciones de corte idealista.

Ahora bien, todavía queda un problema genético por solucionar. Sabemos —con más o menos certeza— por qué causas nació la picaresca, pero, ¿por qué surgió en España, y no en Francia, Inglaterra, Alemania o Italia? Fundamentalmente, a lo que creo, por dos razones, aparte la impronta del contrarreformismo; a saber: 1) a causa de la peculiar situación discriminada de los conversos, exclusivamente hispánica —que ya hemos analizado—; y 2) simultáneamente, por razón de un hecho básico de la realidad española de la época: el problema de la honra. Y es que las narraciones picarescas tratan siempre el principio nobiliario de que no hay dignidad ni honor si no se heredan con el linaje, con la sangre, lo cual no es otra cosa que el concepto clásico de la hidalguía o la nobleza hereditaria española. En este contexto, «el deshonor picaresco supone una religión del honor» —dice Molho—; ya que la honra es el principio social y moral que estructura las relaciones entre los españoles, precisamente por eso, por la importancia casi religiosa de la honra en España, «es por lo que se instituye aquí, y no en otros sitios, el mito del pícaro, ejemplar encarnación del antihonor». De ahí que la primera preocupación del pícaro sea mostrar su genealogía vil, para ostentar así su deshonor.

De modo que, si no ando errado, podemos hacer el siguiente razonamiento: si desde una perspectiva literaria el pícaro es un antihéroe que encarna el antihonor; si desde un ángulo histórico el honor es el principio rector de la sociedad española áurea; si desde un punto de vista social existe un problema de marginación, de imposibilidad o extrema dificultad de conseguir honra —lo que equivale a ascender de clase social— para la peculiar casta hispana de los cristianos nuevos; y, finalmente, si desde una óptica religioso-moral se critica la honra por ser externa, aparente y no estar sustentada por la virtud; si todas estas afirmaciones son ciertas, el problema del honor bien podría ser la base última y definitiva que subyace en la génesis de la novela picaresca. Todos los factores sociales, morales, literarios, históricos y religiosos que hemos analizado serían manifestaciones de superficie, pero en el fondo, en la estructura profunda estaría siempre la dialéctica honor/deshonor como principal base impulsora de la novela picaresca.

2. *El concepto «Novela Picaresca»: problemas y soluciones*

Dejando a un lado puntos de vista excesivamente tradicionales y ajados (como el de A. Valbuena Prat, cuya concepción del género acoge un heterogéneo conglomerado de obras que van desde el lucianesco *Diablo Cojuelo* hasta el dieciochesco escrito autobiográfico de Torres Villarroel, pasando por cuatro novelas ejemplares cervantinas), comenzaremos nuestros análisis por la lúcida síntesis de Alberto del Monte. Parte este investigador de una sugerente distinción entre *género picaresco* «sólo... fácilmente identificable en algunas novelas» y *gusto picaresco* «más o menos reconocible en una ilimitada multitud de obras que pertenecen a las más variadas índoles». Adopta además el hispanista italiano una visión del género que tiene en cuenta tanto los contenidos como las estructuras y los rasgos psicológicos del pícaro.

A la vista de todo esto, esperaríamos una brillante delimitación de la novela picaresca; pero no es así. Y ello por varios motivos, el primero de los cuales es que, para él, «el *Guzmán de Alfarache* es la primera expresión del nuevo género de la novela picaresca» —error evidente, como veremos—. No obstante, su fallo capital, en mi opinión, radica en el punto básico de su concepción del género, consistente en crear un corpus de rasgos fundamentales del mismo sólo a partir del *Guzmán*, con un criterio rígido en exceso, merced al cual saca fuera de las fronteras de la picaresca a todas las novelas que no se atienen estrictamente a ese corpus, excluyendo así narraciones tan evidentemente picarescas como el *Lazarillo, La Pícara Justina, Marcos de Obregón* y *Estebanillo González*.

Tampoco Parker aclara la situación, porque —al igual que A. del Monte o M. Bataillon— piensa que el *Lazarillo* no es la primera novela picaresca, sino un precursor. Lo que le lleva a la exclusión de esta novela constituye la falta más grave de su libro: tener en cuenta sólo elementos de contenido, sin valorar rasgos de composición. Y es que el gran investigador inglés piensa que el fundamento de la novela picaresca se halla en el tratamiento de un tema determinado: la vida de un delincuente, de un marginado de la sociedad que hurta, estafa, engaña a la gente —como un golfo actual—, pero no mata a nadie.

Si repasamos someramente lo expuesto, nos daremos perfecta cuenta del caótico mundo que parece ser la novela picaresca: unos introducen en ella obras como la *Vida* de Villarroel o *El diablo cojuelo*, que no acepta nadie; otros, no presentan sus límites —A. del Monte—, según una concepción tan ancha, que se podrían incluir novelas actuales en ese «gusto picaresco» tan inconcreto. *La Pícara Justina*, aceptada por muchos, se excluye en el *Itinerario* del italiano, que hace lo propio con el *Lazarillo*, *Marcos de Obregón* y *Estebanillo*. Lo mismo hace Bataillon, con la excepción de esta última, mientras la inteligente trayectoria de Francisco Rico sólo excluye al *Escudero*. Tierno Galván admite únicamente el *Lazarillo*, *Guzmán*, *Buscón* y *La Pícara Justina*. Jenaro Talens reduce aún más la nómina, pues afirma que

> no puede hablarse de género picaresco más que referido a tres novelas, cuyo conjunto delimita y cierra (a la vez que produce) las posibilidades mismas del género en cuanto tal: *Lazarillo*, *Guzmán* y *Buscón*.

La novela picaresca parece, según lo que hemos visto, un inmenso caos sin concepción clara, ni evolución bien definida.

Así las cosas, creo que existe sólo una solución viable para fijar la concepción de la picaresca como género literario coherente, y es la que ha propugnado el profesor Fernando Lázaro Carreter, consistente en considerar a la novela picaresca como un género en constante transformación y construcción, a partir de unas obras básicas creadoras de los fundamentos. Es decir, no interpretar el género picaresco como algo ya hecho y estático desde el primer momento, sino como un proceso de transformación temporal que, lógicamente, acarrea cambios en su discurrir.

Es evidente que hay una poética genérica de la novela picaresca, configurada por rasgos tanto de estructura como de contenido, que todos los novelistas integrados en ella deben aceptar en sus elementos básicos, aunque no de la misma manera necesariamente, puesto que en todo género literario existen unos creadores y unos continuadores, y, entre estos últimos, habrá algunos que se limitarán a repetir esquemas conocidos, mientras que otros intentarán conseguir originalidad y mostrar su capacidad inventiva dentro, no obstante, de la poética fundamental del género. Así, Salas Barbadillo, que introduce el relato autobiográfico dentro de una narración escrita en tercera persona, intentando innovar la picaresca mediante su conjunción con la «novella» a la italiana; o Vicente

Espinel, que respeta los moldes constructivos de la picaresca, aunque transforma al pícaro en un escudero; o Castillo Solórzano, que integra en el sistema picaresco el entremés... Todas son innovaciones que permanecen dentro de los cánones básicos de la poética del género, a pesar de mostrarlo, mediante sus novedades, en evolución y transformación constantes.

Por todo ello, para establecer los caracteres axiales del género, es necesario determinar, previamente, los rasgos iniciales del fundador o de los fundadores.

2.1. *Los creadores de la novela picaresca*

Aunque algunos investigadores —como veíamos—, dada la incuestionable y capital importancia del *Guzmán de Alfarache*, consideran a la novela de Mateo Alemán como la primera manifestación del nuevo género, y conceden al *Lazarillo de Tormes* sólo la calidad de relato precursor, es obvio que la poética inicial del género se fragua merced a la interrelación de ambas narraciones.

«Múltiples rasgos formales y semánticos del *Lazarillo* —dice con precisión Lázaro Carreter— vertebran con carácter distintivo toda la picaresca. Pero esto, que es cierto, debe matizarse con otra verdad: pudo haber sido golondrina aislada, sin la ayuda victoriosa del *Guzmán*. En el juego de acciones y reacciones que se establece entre ambos libros, nace, realmente, la poética del género; y en su asociación por escritores, público y libreros, se produce su reconocimiento como tal.»

Ciertamente, el consenso de escritores, lectores y editores constituye la prueba irrefutable de que Lázaro y Guzmán, un tanto al alimón, instauran el mito del pícaro. Así lo ha demostrado Claudio Guillén en un brillante trabajo: tras examinar el número de ediciones del *Lazarillo*, dicho estudioso observa que la novelita tuvo un momento de éxito intenso pero fugaz (cuatro ediciones entre 1554 y 1555). Después, no se volvió a publicar hasta el año 1573, y lo hizo expurgada. Desde esta fecha hasta el final del siglo, sólo aparecieron cinco reediciones en España (dos) y Europa. En cambio, a raíz de la publicación de la *Primera parte de la vida de Guzmán de Alfarache*, en 1599, y a la zaga de su enorme éxito, se volvió a reeditar el *Lazarillo*. En efecto, nueve semanas más tarde salía a la luz pública, el 11 de mayo de dicho año, en la imprenta de Luis Sánchez; y en el corto período de cuatro años se estampaban nueve ediciones del anónimo quinientista, además de veintiséis, cuando menos, del *Guzmán*.

No sólo público y editores percibieron con nitidez que la noción del nuevo género narrativo estaba ligada simultáneamente a los dos relatos, sino que también lo hicieron así los escritores, a juzgar por la famosa cita de Ginés de Pasamonte en el *Quijote* de 1605:

> mal año para *Lazarillo de Tormes* y para todos cuantos de *aquel género* se han escrito o escribieren.

Esta frase cervantina, junto con el hecho de que el *Lazarillo*, olvidado a poco de su aparición primera, gozara su momento de mayor aceptación justo a continuación de la publicación del *Guzmán*, es la prueba palpable de que: 1) el inicio de la novela picaresca, como tal género literario, corresponde verdaderamente al comienzo del siglo XVII, y no a la mitad del XVI; y 2) que los lectores, libreros y autores sintieron como instauradores e iniciadores del nuevo género a los dos relatos simultáneamente.

Así pues, podemos declarar, con el profesor Lázaro Carreter, que

> la novela picaresca surge como género literario no con el *Lazarillo*, no con el *Guzmán*, sino cuando este incorpora deliberadamente rasgos visibles del primero.

2.2. *Caracteres generales del género picaresco*

Una vez establecido cómo, dónde y cuándo surgió la novela picaresca; una vez conocidos los fundadores del género, es necesario saber qué rasgos fundamentales —estructurales y semánticos— configuran su entramado axial.

2.2.1. El personaje: hacia una definición del «pícaro»

El primer problema que se plantea consiste en saber si el nuevo héroe narrativo es reflejo de una figura determinada de la realidad histórico-social española de la época, o es una creación literaria. El *Pícaro* por definición es Guzmán de Alfarache. A raíz de esta novela empezó a ser llamado así, *pícaro*, el personaje central del nuevo género. En un principio, el propio Alemán habla de pícaro sólo para referirse a Guzmán en la primera parte de su vida, esto es, cuando es mozo de muchos amos, pinche de cocina, mendigo, esportillero y vagabundo. Sin embargo, el público —como ha estudiado F. Rico—, en lugar de entender el término en el sentido sustantivo que deseaba Alemán, y referirse al pícaro como a una determinada clase social ínfima o a una determinada profesión no menos baja, lo interpretó en sentido adjetivo, y designó así, no al tipo social —esportillero, mendigo, criado o pinche—, sino a las cualidades de su comportamiento, a las que se desprendían de los actos del personaje durante toda su vida, tanto cuando había sido vagabundo, ganapán y mozo, como cuando fue estafador de altos vuelos, señor de sus actos, comerciante rico, marido «cartujo» o estudiante destacado de Teología en la Universidad de Alcalá de Henares.

Todo esto prueba que el pícaro es una creación fundamentalmente literaria, que difiere de la realidad histórica; es un personaje novelesco, cuyas principales «virtudes» son las siguientes:

a) *Encarnación del deshonor*: el pícaro es un personaje opuesto al concepto moral y social de la honra. Su postura es siempre antihonrosa, por lo mismo que es antiheroica. Como resulta que el honor es el principio socio-moral en torno al cual se estructura en buena medida la sociedad española del Siglo de Oro, la actitud deshonrosa del pícaro implica la crítica de la novela picaresca contra la concepción superficial del honor, basada en falsas apariencias y oropeles externos, dinero y herencia de sangre. Simultáneamente, el antihonor picaresco supone un anhelo de libertad —como veíamos—, un afán de saltar por encima de las rigurosas barreras socio-morales de la época, en defensa de la independencia humana.

b) *Afán de ascenso social*: por otra parte, el pícaro emula falazmente el comportamiento de los seres con honra —imita la honra externa, y así, merced al contraste, efectúa su parodia—, a fin de medrar y cambiar de clase. Y ello porque no es sólo el hambre la fuerza motriz que genera ingenio y astucia en los pícaros, sino que, junto a aquélla, existe un más acuciante anhelo de trepar la escala social, un deseo de acceder a «la cumbre de toda buena fortuna» —que manifiesta Lázaro—, de llegar a ser noble (gracias a la superficialidad de la honra), como en ocasiones fugaces logran Guzmán y Pablos, aunque, a la postre, acaben siempre en el fango originario.

c) *La ley del hambre y el ingenio picaresco*: aunque no sea el motor principal, hemos de admitir que el hambre es uno de los más importantes impulsores de las acciones de los pícaros, pues gran parte del sutil ingenio picaral procede de la necesidad imperiosa de llenar el estómago.

d) *La genealogía vil* éste es uno de los caracteres más acusados del antihéroe, que por definición tiene siempre una ascendencia innoble. La función de este rasgo es clara: la vileza de los progenitores supone un estigma, un determinismo de herencia para el pícaro que condiciona gran parte de sus actos y le encamina, en principio, hacia el mal.

e) *La mendicidad como campo de gravitación*: es indudable que el pauperismo se configura como uno de los componentes fundamentales del picarismo. Sin embargo, no es cierto que sea su rasgo axial, como se ha dicho no hace mucho, aunque Mateo Alemán parezca corroborar esta hipótesis al definir al pícaro en el título de uno de los primeros capítulos de su *Guzmán de Alfarache*, que reza así: «Dejando al ventero, Guzmán de Alfarache se fue a Madrid y llegó hecho pícaro.» Pícaro, porque arribó con una indumentaria andrajosa y vergonzante; como Lazarillo, que había ido vestido con harapos —mendigo y pícaro, pues— hasta el tratado VI, en que ahorró para vestirse «honradamente». Pícaro, porque pedía limosna para sobrevivir, no sólo en ese momento —Guzmán—, sino, sobre todo, cuando después llega a Roma.

A pesar de todo, repito, la mendicidad es un componente más, y ni siquiera el más importante, porque como muy bien ha matizado

Francisco Rico —lo veíamos anteriormente—, el lectorado español del XVII no admitió el punto de vista sustantivo que Alemán deseaba imponer, según el cual, en efecto, el pícaro sería en buena medida un pordiosero que, cuando deja de serlo, se transforma en delincuente; sino que interpretó, adjetivamente, que el pauperismo era un formante más de la personalidad de Guzmán, una cualidad entre otras, y consideró tan pícaro a Guzmán en la primera (más mendicante) como en la segunda parte de su vida, en la que se convierte en delincuente. De ahí que la mendicidad sea sólo un rasgo más del pícaro, puesto que así lo entendieron los lectores del Siglo de Oro, y nosotros no estamos en condiciones de hacerlo de manera diferente.

f) *El pícaro como delincuente*: a partir de Mateo Alemán, concretamente de la segunda parte de su novela, en la que Guzmán comienza a cometer estafas y robos de consideración, obliga a su segunda mujer a prostituirse, y otras lindezas del mismo jaez, el pícaro es también un criminal.

g) *Encuentro con un mundo adverso*: éste es otro de los factores que definen al personaje central de la picaresca. Cuando Lazarillo recibe el golpe contra el toro de piedra del puente salmantino, y Guzmán se encuentra sin dinero y sin capa porque le han robado, ambos se dan cuenta de que el mundo les ofrece un medio hostil en el que tendrán que aguzar su ingenio, si no quieren perecer.

h) *Paso de la inocencia a la malicia*: es un elemento simultáneo al encuentro con el entorno adverso, generalmente estereotipado, desde un punto de vista constructivo.

i) *Las malas compañías*: el pícaro encuentra, a su paso por el mundo, multitud de seres, la mayor parte de los cuales le ofrecen malos ejemplos y le dan malos consejos. Las buenas gentes apenas aparecen, y cuando lo hacen, es para ofrecer una oportunidad de regeneración que el antihéroe no aprovecha.

j) *Soledad radical del pícaro*: este rasgo, muy acusado, tiene una perfecta justificación funcional: la de presentar un solo punto de vista sobre la realidad. Por eso, aunque sirva a varios amos, o vaya acompañado por alguien, el pícaro está siempre radicalmente solo, y es su visión exclusiva del mundo la que aparece en su autobiografía.

k) *La moral del pícaro*: Montesinos analizó el paradójico funcionamiento de la moral picaresca, según la cual, el pícaro describe un mundo de maldad, injusticia y perversidad, con el fin de excusar sus propias faltas, sus propias acciones inmorales, mediante el curioso sistema de acusar a los demás de ellas.

l) *Peculiaridades de las pícaras*: las cuatro novelas de pícara que se encuadran en el género (*La Pícara Justina* de Francisco López de Úbeda, *La hija de Celestina* de Salas Barbadillo, *Teresa de Manzanares* y *La garduña de Sevilla*, ambas de Castillo Solórzano) presentan características diferentes a las de sus congéneres masculinos. Las principales son las siguientes: no pasan hambre, no van nunca solas, no sirven generalmente a ningún amo, y, además de su ingenio, se sirven de los encantos de su belleza física para medrar y sobrevivir. Alcanzan cotas más elevadas en la sociedad que los pícaros, pero también les superan en carácter delictivo (Elena, «la hija de Celestina», acaba sus días en el patíbulo). En lo demás, sus características son semejantes a las de los varones.

2.2.2. Rasgos de estructura externa de la novela picaresca

Los elementos fundamentales que definen la morfología externa de los relatos picarescos son los siguientes:

a) *Forma pseudo-autobiográfica de la narración*: el pícaro cuenta su vida desde la primera persona de la narración, por lo que aparece simultáneamente como protagonista y narrador.

b) *Punto de vista único sobre la realidad*: a consecuencia de la estructura autobiográfica, el pícaro expone sólo su perspectiva del mundo.

c) *Medio diálogo y dialéctica lector-autor*: como el relato autobiográfico suele dirigirse a un «tú», ya sea concreto (vuestra merced, señor, en el *Lazarillo* y el *Buscón*), ya sea generalizado al lector (*Guzmán, Justina*); e incluso, a veces, adopta directamente la forma dialogada (*Marcos de Obregón, Alonso, mozo de muchos amos*), parece obvio que la autobiografía picaresca es, en realidad, la mitad de un diálogo, por lo cual el «tú» del receptor establece una suerte de dialéctica con el «yo» narrador-pícaro, que constituye una clave constructiva y semántica del género.

d) *De la «pre-historia» a la «historia»*: el antihéroe siente necesidad imperiosa de comenzar siempre su narración por la vida de sus progenitores, describiendo, primero que las suyas propias, las vilezas que adornan a sus padres y, con frecuencia, abuelos. De este modo, el personaje carece de libertad literaria: se autoestigmatiza, se autocondiciona.

e) *Evolución temporal*: desde la niñez a la madurez.

f) *Dualismo temporal*: a veces, el hecho de que el pícaro relate su propia vida hace que confluyan en el mismo plano novelesco la óptica del narrador maduro que cuenta su vida y la del niño picaruelo que realiza las travesuras, lo que implica que dos visiones cronológicas distintas se entrecruzan en el mismo nivel narrativo.

g) *Servicio a varios amos y viaje constante*: ambos esquemas morfológicos funcionan como marcos para el desarrollo de la autobiografía.

h) *Subordinación de los episodios a un eje ordenador*: en los mejores relatos —en verdad, sólo en *Lazarillo* y *Guzmán*— existe un núcleo temático, constructivo e ideológico que explica y justifica el conjunto.

i) *Narración cerrada y vida abierta*: en las novelas de mayor calidad estética, todos los elementos se articulan en relación con un eje determinado («caso» de Lázaro, «conversión» de Guzmán), por lo que la novela queda perfectamente cerrada como tal. En cambio, la vida permanece necesariamente inconclusa, ya que es el pícaro quien está narrándola, y no puede, claro es, escribirla después de muerto. Ello da lugar a numerosas segundas —e incluso terceras— partes de las más conocidas novelas picarescas.

j) *Dos modelos de composición dentro de la misma poética*: hay, en efecto, 1) un esquema fundamentalmente narrativo, que se atiene casi con exclusividad a las andanzas del pícaro: es el instaurado por *Lazarillo*, que siguen *Buscón*, *Segunda parte del Lazarillo* (de Juan de Luna), en cierta medida *La hija de Celestina*... 2) No obstante, existe otro módulo, éste narrativo-digresivo, que crea la novela barroca por interpolaciones, en el que al lado de las aventuras del antihéroe se intercalan numerosas celulillas ajenas al discurrir de su vida, como novelitas cortas, cuentecillos, facecias, fábulas, apólogos, chascarrillos, relatos mitológicos, etc. Es el esquema inaugurado por *Guzmán de Alfarache*, que siguen *La Pícara Justina, Marcos de Obregón, Alonso, mozo de muchos amos...*

3. Poética comprometida de la novela picaresca y esbozo de una trayectoria

Sabemos, pues, cómo es la novela picaresca; conocemos los elementos que la conforman; pero aún nos queda una interrogante sin respuesta: ¿Por qué es como es, y no de otra manera? ¿Por qué son ésos y no otros los rasgos que la configuran? O lo que es lo mismo, ¿qué factores ideológicos y temáticos son el correlato inseparable de la morfología picaresca que acabamos de presentar?[6]

Existe, en primer lugar, un curioso fenómeno, y es que la mayor parte de los autores de relatos picarescos no son, en sentido estricto, novelistas usuales, y, a menudo, ni siquiera son creadores literarios habituales. Con la excepción de Salas Barbadillo y Castillo Solórzano, narradores obviamente reconocidos, los demás escritores que siguen tras los pasos del *Lazarillo*, esto es, la mayor parte de la nómina establecida, son novelistas de una sola novela. Tal es el caso de Mateo Alemán (*Guzmán de Alfarache*, 1599-1604), Quevedo (*El Buscón*, 1604-1626), Francisco López de Úbeda (*La Pícara Justina*, 1605), Vicente Espinel (*Marcos de Obregón*, 1618), Carlos García (*La desordenada codicia de los bienes ajenos*, 1619), Juan de Luna (*Segunda parte del Lazarillo*, 1620), J. de Alcalá Yáñez (*Alonso, mozo de muchos amos*, 1624-1626), Antonio Enríquez Gómez (*Gregorio Guadaña*, 1644) y, probablemente, de los desconocidos autores del *Lazarillo de Tormes* (1554) y de la *Vida y hechos de Estebanillo González* (1646).

---

[6] Lamento tener que citarme en una introducción tan horra de referencias bibliográficas, pero es que lo creo necesario, ya que todo lo que sigue no es otra cosa que un brevísimo resumen de mi artículo «Poética comprometida de la novela picaresca», *Nuevo Hispanismo*, I, 1982, pp. 55-76.

Es más, incluso se puede afirmar que, dentro de este grupo mayoritario de novelistas de relato único, las dos terceras partes, al menos, no sienten inquietudes literarias de especial relieve, ya que, salvo en los casos de Quevedo, Espinel y Enríquez Gómez, autores prolíficos, no es precisamente la literatura su campo de gravitación. A lo sumo, escriben alguna obra hagiográfica de dudoso mérito, como hacen Alemán y Alcalá Yáñez; algún tratado ortográfico o gramatical —caso del creador del *Guzmán* y de Juan de Luna, respectivamente—; o alguna obrilla de carácter político y misceláneo, como Carlos García.

Surge, entonces, una interrogante de capital importancia, a lo que creo, para la cabal interpretación de la picaresca como género novelesco, y es la de saber por qué estos autores han elegido el marco picaresco para efectuar en él su única incursión en la narrativa; por qué no se han decidido por la novela pastoril, morisca, bizantina, cortesana o cualquier otra de las modalidades genéricas del relato que tenían a su alcance. Si ninguno de estos géneros servía a sus intenciones, a diferencia del picaresco, ello debía ser, sin duda, porque éste conllevaba una serie de rasgos y caracteres diferenciales que eran peculiares, exclusivos e intransferibles. Más aún, estas peculiaridades del abolengo picaral no debieron parecerles fundamentalmente literarias, sino de rango ideológico, temático y semántico, ya que la mayor parte de ellos —de los novelistas— carecían de aficiones estéticas desmedidas, a juzgar por sus escritos. La novela picaresca soportaba, pues, una carga semántica específica, que acompañaba al corpus estructural de rasgos, muy definida; una poética, en suma, aunque implícita, perfectamente clara para los escritores y lectores del XVII, que se adecuaba de manera obvia a unos determinados propósitos semánticos. ¿A qué propósitos?

Si comenzamos la indagación centrándonos en la tipología social de los autores, a la búsqueda de su posible homogeneidad ideológica y de clase, observaremos de inmediato la notable disparidad y heterogeneidad que los caracteriza, aparentemente: unos son conversos de clase media, como Mateo Alemán, Francisco López de Úbeda y, posiblemente, el anónimo autor del *Lazarillo*. Otros son nobles de diversa categoría, encuadrados ya en las capas medias de la aristocracia, como Quevedo, ya en la hidalguía, como Salas Barbadillo (eso pretendía él) y Vicente Espinel. Hay un profesional liberal no converso —que se sepa—, el médico Alcalá Yáñez. No faltan protestantes —Juan de Luna, exiliado en Francia e Inglaterra, país éste donde acabó su existencia ejerciendo funciones de clérigo luterano—, ni judíos «marranos» —A. Enríquez Gómez, que, tras emigrar a Francia, concluyó sus días en las cárceles de la Inquisición sevillana, que anteriormente había quemado públicamente su efigie—, ni homosexuales —Carlos García, a juzgar por lo que de él dice la *Olla Podrida* de Marcos Fernández—, ni, quizá, militares encargados del avituallamiento, que tal podría ser la identidad del anónimo autor de *Estebanillo González*.

Con todo, aunque parece no haber el más mínimo atisbo de uniformidad entre ellos, existen algunos datos significativos que posibilitan cierto agrupamiento: hay, en primer lugar, un grupo homogéneo de conversos, ubicados en la base cronológica y motriz de la picaresca; les sigue, cronológicamente, un grupo también homogéneo de nobles. A continuación viene otro núcleo, el formado por los exiliados, que escriben y publican sus respectivos escritos picarescos en Francia (Carlos García, Juan de Luna y A. Enríquez Gómez), a causa de la imposibilidad de hacerlo en España, dada su mordacidad crítica (en nuestro país no ven la luz de las prensas hasta finales del siglo xviii, en el caso de la obra de Enríquez Gómez, o bien entrado el xix, en los otros dos). El hecho dispar de que uno sea homosexual aventurero, clérigo protestante el otro y judío «marrano» el tercero, se unifica por su común condición de trasterrados.

Desde esta triple perspectiva, así como desde la de los burgueses cristianos viejos, resulta evidente que el esquema picaresco carece de todo exclusivismo ideológico, puesto que usan de él tanto los grupos discriminados como los privilegiados, aunque también es obvio, por las mismas razones, que es un módulo narrativo favorecedor del debate y la polémica socio-morales. La especial configuración de la picaresca como novela de permisibilidad crítica y polémica explicaría la inserción en sus líneas, tanto de la óptica social de los marginados, como de la perspectiva moral de los integrados, máxime en un momento histórico básicamente teocéntrico, como es el siglo XVII, donde con frecuencia es difícil discernir lo moral, lo político y lo social.

Ahora bien, el hecho de que la picaresca no presuponga ninguna ideología concreta no quiere decir que en su seno quepa cualquier tipo de polémica social o moral; antes al contrario, puesto que su corpus de rasgos —que enumerábamos anteriormente— más que favorecer, casi obliga a tratar una constelación de temas conflictivos muy concreta, precisa y determinada: me refiero a las cuestiones imprescindibles del afán de medro, del anhelo de ascenso social, de la integración o marginación en un mundo jerarquizado, de la herencia de sangre en relación con ese deseo de elevación social, de la honra y su entorno de apariencias —íntimamente ligada a la herencia y al propósito ascensional del pícaro—, de la casta, el dinero, la pobreza, la injusticia, la educación, etc., siempre unidas a la problemática central de la honra y la elevación social.

Elegir la novela picaresca significa, por ejemplo, poco menos que necesariamente, tratar el tema de la posibilidad o imposibilidad de ascenso social en la España del Siglo de Oro. Y ello porque el pícaro siempre desea, con mayor o menor insistencia, medrar; suele conseguirlo durante una etapa de su vida, y, en general, concluye su autobiografía en la misma situación social que la iniciara. De hecho, la pobreza por sí sola no es un elemento fundamental del pícaro literario, sino cuando sirve de acicate a su anhelo medrador. *La Pícara Justina* afirma, en efecto, que pobreza y picardía salieron de la misma cantera, pero diferencia netamente entre la mendicidad sin más y la picaresca, ya que ésta conlleva ambición de cambio, por lo que censura a los que, si no encuentran amo a quien servir, «al menor repiquete de broquel, se meten a ganapanes».

Asimismo, el que inicia la composición de un relato picaresco debe hacerlo mediante la constatación nítida de la abyección del linaje de su protagonista. El antihéroe comienza siempre su autobiografía haciendo especial hincapié en su innoble herencia de sangre. Puede variar el grado o la intensidad, pero nunca el hecho mismo de la deshonra hereditaria. Aunque, ciertamente, a mayor vileza heredada, mayor conflictividad social, puesto que el intento de integración en las capas nobles de la sociedad crea mayores tensiones, a causa del abismo aún más grande que separa al pícaro de su meta. Tal es el caso de Pablos de Segovia, por ejemplo, hijo de padre ladrón y cornudo, madre hechicera y prostituta, ambos cristianos nuevos, quien, a pesar de ello —o mejor, precisamente por eso—, desde pequeño tiene pensamientos de llegar a ser caballero. Así pues, merced al rasgo axial del linaje manchado, todo pícaro está en gran medida predeterminado moralmente hacia el mal y socialmente hacia la permanencia en su grupo, por lo cual, desde la óptica conservadora e inmovilista que suele presidir la picaresca, la «pre-historia» picaral sirve para explicar cabalmente la imposibilidad de ascenso .ético-social, a partir ya del estigma inicial, que justifica y da sentido a su final caída, juzgada así como algo lógico e inevitable.

De ahí que el pícaro, obligadamente, encarne el antihonor, porque se presupone que la honra, al igual que la deshonra, va ligada a la herencia de sangre. Y es que virtud moral y posición social (nobleza) implicaban asimismo honra. Por eso el antihéroe procura, de una parte, emular comportamientos honrados, a fin de medrar, ya que no hay posibilidad de elevación social si no hay consecución de honra; pero, de otra parte, el efectuar dicha imitación, y dadas las diferencias entre el desheredado y un aristócrata, realiza una parodia y una crítica del concepto externo del honor, basado en meras apariencias, porte, vestidos, etc.; concepto que le permite a él, un pobre, llevar a la práctica dicha usurpación de identidad: por no citar los casos obvios de Guzmán o Pablos, Elena, *La hija de Celestina,* flor de pícaras, engaña totalmente a un caballero, Rodrigo Villafañe, sólo porque, adecuadamente aderezada, le hace creer que es una dama de origen leonés, burlándose así de la opinión extendida que defendía eran hidalgos todos los nacidos en la Montaña.

Para que un pícaro desarrapado pueda vestirse de noble, para que sea posible comprar la indumentaria, es necesario dinero, con lo cual, la posesión de ducados o escudos se liga indisolublemente a la de honra, ya que ésta reside, en parte, en la vestimenta. Así, el dinero entra a formar parte de la constelación imprescindible de los temas picarescos.

Asimismo, el que tiene (o aparenta) honra, nobleza y dinero no padece la persecución de la justicia, que se ceba con todo su rigor sobre el desgraciado harapiento sin un maravedí. De este modo, la justicia pasa a integrar la temática central de la picaresca. Incluso una novela tan conservadora como *Alonso, mozo de muchos amos*, dice que «para los desgraciados se hizo la horca».

El protagonista de estos relatos, de otra parte, es capaz de observar, ver y contar multitud de lacras y defectos que se velan para otros, debido a su condición de marginado. Por medio del esquema de «mozo de muchos amos» y de su viajar impenitente, y gracias a su función frecuente de mero espectador, el pícaro contempla vicios y deformaciones, no sólo múltiples y variadas, sino también ocultas y escondidas; y es que, dada la nula peligrosidad social que comporta, motivada por su situación clara de individuo discriminado, de ser fuera, al margen de la sociedad, puede hacerlo. Esta posición de observador privilegiado es, sin duda, otro de los motivos que impulsaron sólo hacia los módulos picarescos a unos escritores inusuales, preocupados por el estado social y moral de España.

Junto a ello, la forma narrativa autobiográfica permitía el anonimato del verdadero autor, en algunos casos fuertemente críticos en que era necesario —*Lazarillo de Tormes* y *Estebanillo González*—; aumentaba la ilusión realista siempre (lo cual era fundamental, a causa de la temática comprometida, contemporánea y actual, vista así con una objetividad crítica acentuada); y, sobre todo, obligaba a que fuera el propio antihéroe quien, como narrador, asumiera la responsabilidad de su exclusivo (en apariencia) ángulo de enfoque sobre la realidad.

Ahora bien, resulta que el lectorado mayoritario de la picaresca, como el de cualquier otra modalidad literaria de la época, era fundamentalmente cortesano, con lo cual la perspectiva del pícaro encontraba todo su sentido al proyectarse sobre la de la clase lectora privilegiada y, por ello, afectada directamente por sus críticas, estableciéndose así una especie de dialéctica entre el «yo» del narrador-pícaro y el «tú» del lector. Y es que la óptica del antihéroe encuentra su pleno significado sólo por el hecho de implicar necesariamente el punto de vista opuesto, el del noble, el del individuo integrado en general, ya que el pícaro anhela medrar y conseguir honra, aun a pesar de su linaje abyecto y de su baja extracción moral, animado por la facilidad con que se podían imitar los comportamientos y formas de vida de la clase privilegiada, a causa de la vaciedad de auténticos contenidos de la honra. Tal imitación, pues, presupone una parodia y una ridiculización de las bases que sustentan al lectorado cortesano, por lo cual, el yo picaresco exige la respuesta implícita del tú nobiliario directamente criticado. Con ello, los conversos creadores del género (que aparentemente permanecían al margen) perseguían, probablemente, demostrar y hacer comprender a los aristócratas la vacuidad de unos conceptos clave (herencia de sangre, honra adquirida en la cuna, honra como mera apariencia) que, sin embargo de su carácter falaz y superficial (hasta un pícaro era capaz de simular honra sin problemas), significaban un duro obstáculo, cuando no un impedimento, que los mantenía al margen de la hidalguía y de los privilegios que conllevaba.

Por eso la picaresca es, en general, inmovilista y conservadora, porque los cristianos nuevos que seguramente la iniciaron no tenían el más mínimo interés por los pícaros (el proletariado), que siempre acababan por caer al final en el fango del que habían salido, sino que los utilizaban para que los nobles se dieran cuenta de la superficialidad del código del honor, barrera que los separaba.

Quizá para contrarreplicar a dicha dialéctica, entre otras razones, escribiera Quevedo su única novela picaresca, con el fin de defender la autenticidad de la nobleza hereditaria y la verdadera virtud y superioridad que comportaba a todos los niveles. De ahí que en el *Buscón* la tensión deshonor picaresco/honor nobiliario desaparezca del texto, al ser el noble, don Diego Coronel, del mismo origen converso que Pablos. Quizá impulsado también en parte por la misma razón, Salas Barbadillo escribió su *Hija de Celestina* en tercera persona —aunque respetó la autobiografía para que Elena narrara su innoble origen y asumiera su clase— con la intención de evitar la dialéctica pícaro-noble desde su perspectiva de narrador omnisciente y todopoderoso, planteando, eso sí, la misma problemática, aunque haciendo que los planos de la hidalguía y la truhanería (Sancho y Elena, respectivamente) se rozaran, pero no se unieran verdaderamente en ningún momento. Según creo, Barbadillo, que no dejó de censurar, como Quevedo, el carácter externo de la honra, pretendió que la dialéctica estuviera dentro del texto del relato, manejada y controlada por él, y no en la relación personaje-lector. La tercera persona de la narración le permitió, además de la novelización de dos acciones simultáneas —Elena huyendo de la justicia, y Sancho tras ella pensando que era una dama noble—, imposible de otra forma, zanjar definitivamente (esto es, anular la dialéctica) la cuestión ideológica, mediante una clara gradación del castigo: Sancho fue, sí, ridiculizado; pero la pícara acabó en el patíbulo. Para matarla, era también imprescindible la tercera persona, que, según lo expuesto, no invalida en absoluto su condición de plena novela picaresca, antes al contrario, pues me parece que sin la picaresca como plano de obligada referencia, no tendría sentido esta única y excelente incursión del novelista en el género del *Lazarillo*.

La importancia, de otra parte, del hidalgo como personaje axial de la picaresca es fundamental; y ello porque es objeto de las críticas tanto de los conversos que iniciaron el género, como de los nobles que contrarreplicaron en él. Para unos, para los cristianos nuevos, el escudero era semejante a un pícaro: ambos, en efecto, se identificaban por la pobreza, porque tenían que servir para sobrevivir, porque intentaban mantener unos y alcanzar otros una honra igualmente vacua, aparente y superficial, porque, en definitiva, todos tenían que pedir limosna para sustentarse, los unos al natural, harapientos; los otros, disfrazados de mendigos vergonzantes, o aceptando alimentos de sus pobres criados. Sólo vanas y falaces apariencias establecían mínimos elementos de separación entre pícaros e hidalgos pobres; esto es, entre plebeyos y nobles. ¿Dónde radica, pues, la superioridad que otorga teóricamente la hidalguía? —se preguntan los narradores que iniciaron el género—.

¿Qué barrera hace superiores, por el mero nacimiento y la herencia, a los hidalgos sobre los conversos ricos, si son semejantes a los pícaros? ¿Qué diferencias que no sean meras apariencias hay entre Lazarillo y el escudero?

Si los cristianos nuevos centraron sus ataques contra la honra externa en los hidalgos, los nobles, como Quevedo, hicieron lo propio, puesto que desacreditaban, mediante su conducta deshonrosa, a toda la aristocracia. De ahí que incluso Pablos sea superior a Don Toribio, y prosiga su ascenso, mientras el hidalgo queda encarcelado.

A causa de las censuras de unos y otros, un hidalgo, Vicente Espinel, escribió, si no ando errado, su única novela dentro de la picaresca, con el fin primordial de rehabilitar su figura, precisamente, dentro de los cauces del género que la denostaba. De ahí las peculiaridades formales y semánticas de *Marcos de Obregón*, que evidentemente no está configurado como pícaro, sino como escudero; pero cuya autobiografía no tiene sentido si no es como novela picaresca, ya que trata de demostrar (dentro del género, para que tenga validez de respuesta efectiva) que la visión del personaje es opuesta a la difundida por la picaresca; esto es, intenta probar la posibilidad que tiene un hidalgo pobre de sobrevivir, conllevando con dignidad su nobleza, sin abdicar un ápice apenas de ella, y llegar incluso a convertirse en ayo o maestro ejemplar, que predica, así, con el ejemplo de su propia virtud. La actitud de Espinel es buen ejemplo de las motivaciones que impulsaron a estos escritores de un solo relato hacia la novela picaresca: exponer su opinión sobre una serie de temas candentes que el género llevaba anejados.

La novela picaresca, en suma, era un género especialmente adecuado para el debate ideológico, cuya poética implícita obligaba, casi necesariamente, el tratamiento de una serie de temas sociales, políticos y morales de plena actualidad —influencia del linaje, concepto de la honra, relación honra-dinero, relación honra-herencia, relación honra-aspecto externo, posibilidad de cambio social, concepto de nobleza, justicia-injusticia social, situación del escudero—; aunque su morfología favorecía, simultáneamente, que la crítica pudiera realizarse desde perspectivas ideológicas distintas e incluso opuestas. Ello explica que la mayor parte de la heterogénea nómina de escritores que la cultivaron fueran novelistas de una sola narración, impelidos hacia el género más por motivos ideológicos o sociales que literarios. Consecuencia lógica de este mismo hecho fue que lo que empezó siendo novela, y gran novela moderna, en las articuladas, coherentes y organizadas andanzas de *Lazarillo de Tormes* y *Guzmán de Alfarache*, se convirtiera pronto en un mero esquema narrativo (eso sí, pleno de prestigio literario ya) vacío de significado verdaderamente novelesco, en una pura fórmula de relato, que, desde luego, permitía y casi exigía el debate y la polémica. No podía ser de otra manera, a causa de la lógica falta de habilidad de unos narradores inhabituales. No obstante, el molde era tan coherente, que, aun falto de auténtico sentido interno, la novela picaresca se mantuvo cón indudable dignidad, a pesar de la bisoñez e impericia de buena parte de sus creadores.

Bibliografía

Asensio, Manuel J.: «La intención religiosa del *Lazarillo de Tormes* y Juan de Valdés», *Hispanic Review*, XXVII, 1959, pp. 78-102. Trabajo inteligente por varios motivos: datación de referencias históricas, autoría y, sobre todo, espiritualidad. Interpreta la obra desde una óptica cercana al erasmismo.

Bataillon, Marcel: *Novedad y fecundidad del Lazarillo de Tormes*, Salamanca, Anaya, 1968. Es el primer libro de consulta imprescindible sobre la obra, básico para la tradición folklórica; se inclina por una lectura cómica del texto, ajena a criticismos tanto erasmistas como conversos.

——, *Pícaros y picaresca*, Madrid, Taurus, 1969. Reunión de trabajos inexcusables para todo el que desee comprender el entramado social de la novela picaresca.

García de la Concha, Víctor: *Nueva lectura del Lazarillo*, Madrid, Castalia, 1982. Sostiene la carencia de problemática religiosa y clerical en la obra, inclinándose por una lectura básicamente artística.

Guillén, Claudio: «La disposición temporal del *Lazarillo de Tormes*», *Hispanic Review*, XXV, 1957, pp. 264-279. Analiza con rigor la estructura de la novela desde el ángulo central del Lázaro maduro que relata su vida.

Lázaro Carreter, Fernando: *«Lazarillo de Tormes» en la picaresca*, Barcelona, Ariel, 1972. Conjunto de estudios de consulta obligada, tanto acerca de las cuestiones generales de la picaresca, como para calar en el análisis de los modelos estructurales del *Lazarillo*, en su construcción y en su visión del mundo.

Márquez Villanueva, Francisco: «La actitud espiritual del *Lazarillo de Tormes*», en *Espiritualidad y literatura en el siglo XVI*, Madrid, Alfaguara, 1968, pp. 67-137. Buena aproximación a la intencionalidad religiosa de la novela, que interpreta como erasmista.

Molho, Mauricio: *Introducción al pensamiento picaresco*, Salamanca, Anaya, 1972. Brillante análisis del compromiso de la novela en sus temas fundamentales: caridad, clerecía y nobleza.

Rico, Francisco: «*Lazarillo de Tormes*, o la polisemia», en *La novela picaresca y el punto de vista*, Barcelona, Seix Barral, 1982, 3.ª ed., pp. 13-55. Estudio riguroso del punto de vista unificador de temas, estilo y técnicas, así como sugerente lectura del multiperspectivismo que implica el rigor de la autobiografía de Lázaro de Tormes.

Ynduráin, Domingo: «Algunas notas sobre el 'tractado tercero' del *Lazarillo*», *Studia Hispanica in Honorem R. Lapesa*, III, pp. 507-517. Acertada visión de la absoluta degradación que preside la sociedad descrita por el de Tormes.

Diego de Silva Velázquez:
Vieja friendo huevos
(h. 1618, fragmento).
National Gallery, Edimburgo.

¶ La vida de Lazarillo de
Tormes/ y de sus fortunas: y
aduersidades. Nueuamente impressa,
corregida, y de nueuo añadi-
da en esta segûda im-
pression. ·

Uendense en Alcala de Henares, en
casa d Salzedo Librero. Año
de. M. D. LIIII

1

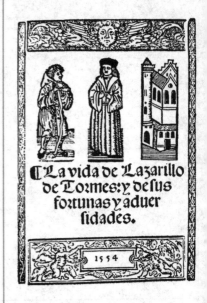

¶ La vida de Lazarillo
de Tormes: y de sus
fortunas y aduer
sidades.

1554

2

3

LA VIDA DE
LAZARILLO DE
*Tormes , y de sus for-
tunas y aduer-
sidades.*

EN ANVERS,

En casa de Martin Nucio.

1554.

Con Preuilegio Imperial.

LAZARILLO
DE TORMES
Castigado.

IMPRESSO CON LICEN
cia, del Consejo de la santa In
quisicion,

Y con preuilegio de su Magestad, para los
reynos de Castilla y Aragon.

4   5

6

LA VIDA
DE LAZARILLO
DE TORMES.

Y de sus fortunas y aduersidades.

En Milan, Ad instanza de Antoño de Antoni
M. D. LXXXVII.

Portadas de las primeras ediciones
del *Lazarillo*.

1 Alcalá de Henares, 1554.
2 Burgos, 1554.
3 Amberes, 1554.
4 Medina del Campo, 1554.
5 Madrid, 1573.
6 Milán, 1587.

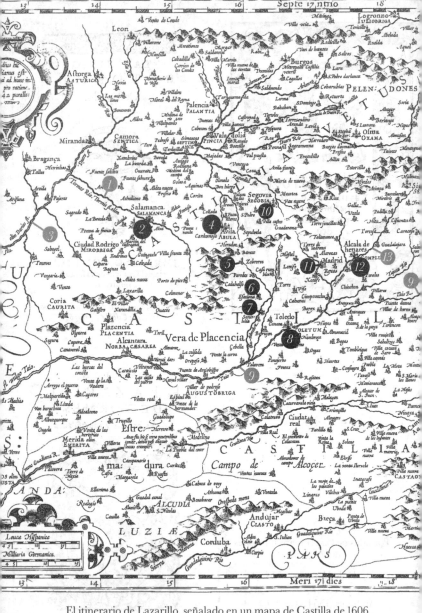

El itinerario de Lazarillo, señalado en un mapa de Castilla de 1606.

1 río Tormes.	*5* Cebreros.	*8* Toledo.	*11* Madrid.
2 Salamanca.	*6* Escalona.	*9* río Tajo.	*12* Alcalá de
3 río Duero.	*7* Torrijos.	*10* Segovia.	Henares
4 Ávila.			*13* río Henares.

Salamanca (2) a orillas del Tormes (1).

Toledo (8) a orillas del Tajo (9).

Francisco de Goya:
Lazarillo de Tormes (o *El garrotillo*)
(h. 1802-1812).
Colección particular.

Nota previa

La presente edición sigue, básicamente, el texto de Burgos, enmendado, cuando se trata de subsanar alguna errata o lectura obviamente incorrecta, con los textos de Amberes y Alcalá de Henares, cuyas interpolaciones —las de esta última edición— reproduce en cursiva, no obstante tener perfecta conciencia de su carácter apócrifo. La deuda con las ediciones modernas anteriores es considerable, sobre todo con las realizadas por Alberto Blecua y Francisco Rico, cuya magistral labor de crítica textual y anotación explicativa es precedente obligado para cualquier edición actual del *Lazarillo*.

Modernizo la puntuación y acentuación. También la ortografía, pero sólo cuando los signos gráficos actuales corresponden a los mismos sonidos del original; si no es así, respeto la grafía de la primera edición, a fin de no alterar la fonética de ninguna palabra.

LA VIDA DE LAZARILLO DE TORMES

Y

DE SUS FORTUNAS Y ADVERSIDADES

PRÓLOGO

Yo por bien tengo que cosas tan señaladas y por ventura nunca oídas ni vistas vengan a noticia de muchos y no se entierren en la sepultura del olvido, pues podría ser que alguno que las lea halle algo que le agrade, y a los que no ahondaren tanto los deleite. Y a este propósito dice Plinio que no hay libro, por malo que sea, que no tenga alguna cosa buena.[1] Mayormente que los gustos no son todos unos, mas lo que uno no come, otro se pierde por ello. Y así vemos cosas tenidas en poco de algunos, que de otros no lo son. Y esto para[2] que ninguna cosa se debría romper, ni echar a mal, si muy detestable no fuese, sino que a todos se comunicase, mayormente siendo sin perjuicio y pudiendo sacar della algún fructo. Porque, si así no fuese, muy pocos escribirían para uno solo, pues no se hace sin trabajo, y quieren, ya que lo pasan, ser recompensados, no con dineros, mas con que vean y lean sus obras, y, si hay de qué, se las alaben. Y a este propósito dice Tulio:[3] «La honra cría las artes.»[(1)]

---

[1] Lugar común de «exordios», procedente de Plinio el Joven, que se lo atribuyó a su tío Plinio el Viejo. [2] Es necesario interpretar *para* como forma del verbo *parar*, en la acepción de 'hacer'; de otro modo se entiende con dificultad. [3] Marco Tulio Cicerón.

(1) Prometer sucesos excepcionales al lector, como hace al comienzo de este párrafo inicial el autor del *Lazarillo* («cosas tan señaladas y por ventura nunca oídas ni vistas»), es uno de los tópicos que los maestros de retórica

¿Quién piensa que el soldado que es primero del escala, tiene más aborrescido el vivir? No por cierto; mas el deseo de alabanza le hace ponerse al peligro. Y así en las artes y letras es lo mesmo. Predica muy bien el presentado,[4] y es hombre que desea mucho el provecho de las ánimas; mas pregunten a su merced si le pesa cuando le dicen: «¡Oh qué maravillosamente lo ha hecho vuestra reverencia!» Justó[5] muy ruinmente el señor don Fulano, y dio el sayete de armas[6] al truhán[7] porque le loaba de haber llevado muy buenas lanzas: ¿qué hiciera si fuera verdad?

Y todo va desta manera: que confesando yo no ser más sancto que mis vecinos, desta nonada,[8] que en este grosero estilo[9] escribo, no me pesará que hayan parte y se huelguen con ello todos los que en ella algún gusto hallaren, y vean que vive un hombre con tantas fortunas,[10] peligros y adversidades.

Suplico a Vuestra Merced reciba el pobre servicio de mano de quien lo hiciera más rico si su poder y deseo se conformaran. Y pues Vuestra Merced escribe se le escriba[11] y relate el caso[12] muy

---

[4] *presentado*: teólogo que, en el curso de su carrera, está esperando el grado de maestro.   [5] *justó*: participó en una justa o combate singular entre dos caballeros.   [6] *sayete de armas*: jubón que iba debajo de la cota o armadura. El *jubón* era una prenda de vestir muy ajustada al cuerpo, que cubría desde los hombros hasta la cintura.   [7] *truhán*: individuo sin vergüenza y burlón que cumple funciones de bufón.   [8] *nonada*: cosa sin importancia.   [9] *grosero estilo*: estilo humilde y bajo. Es una afirmación irónica.   [10] *fortunas*: desgracias, en este contexto.   [11] Fórmula epistolar que, como la anterior *(Suplico a Vuestra Merced)*, resalta el carácter de carta de la novela.   [12] El *caso* es la ilícita relación erótica que mantienen, al final de su autobio-

recomendaban utilizar en el «exordio», con el fin de atraer la atención de los lectores. No obstante, el hecho de que los acontecimientos prometidos no sean, a la postre, tan extraordinarios como se vaticina, confiere a la afirmación un sentido burlesco y paródico. Los retóricos recomendaban asimismo incluir en los exordios «cosas de erudición y doctrina» (por decirlo con palabras de Juan de Guzmán, *Primera parte de la Retórica*, 1589) y a ello responden las citas de Plinio y de Cicerón. Obsérvese, en fin, que ya desde el prólogo el autor establece, cuando menos, dos niveles diferentes de interpretación para su novela, según se profundice más o menos en la lectura de la misma: «podría ser que alguno que las lea halle algo que le agrade, y a los que no ahondaren tanto los deleite».

por extenso, parescióme no tomalle por el medio, sino del principio, porque se tenga entera noticia de mi persona, y también porque consideren los que heredaron nobles estados cuán poco se les debe, pues Fortuna fue con ellos parcial, y cuánto más hicieron los que, siéndoles contraria con fuerza y maña remando salieron a buen puerto.[2]

grafía, la mujer de Lázaro y el arcipreste de San Salvador, consentida en verdad por el pícaro, aunque negada furibundamente —es un *caso* de honra— ante los demás, ante la sociedad, con el fin de ofrecer apariencia de respetabilidad y decencia.

(2) Este fragmento final del prólogo es fundamental para una cabal intelección de la novela, puesto que: *a*) está indisolublemente ligado al resto de la autobiografía —es su último capítulo—; *b*) demuestra que la narración es una carta, una epístola escrita con el fin de responder a una solicitud muy concreta: relatar el «caso» por extenso; con lo cual, *c*) el conjunto de la narración queda perfectamente ubicado y explicado entre el «prólogo» y el «caso». *d*) Además, ya desde el principio, dirige la atención del lector hacia el núcleo semántico y constructivo de la novela, es decir, hacia el «caso», a partir del cual se explican absolutamente todos sus elementos, y *e*) desde una perspectiva interpretativa, hace lo propio, al resaltar que él, el pícaro, se encuentra al final de su autobiografía en un estado satisfactorio, en un «buen puerto», llamando así la atención sobre el tema axial del relato: el ascenso social de un desheredado. Y ello, nótese, a pesar del inmoral y deshonroso «caso» nuclear. El lector se ve así obligado a pensar en esta contradicción obvia entre el «buen puerto» social y el «caso» inmoral; y no olvida el prólogo cuando acaba la lectura de la vida de Lázaro con el «caso», porque en esa relación se encuentra la clave estructural y semántica de la novela.

TRATADO PRIMERO

CUENTA LÁZARO SU VIDA Y CÚYO HIJO FUE

Pues sepa Vuestra Merced, ante todas cosas, que a mí llaman Lázaro de Tormes, hijo de Tomé González y de Antona Pérez, naturales de Tejares, aldea de Salamanca. Mi nascimiento fue dentro del río Tormes, por la cual causa tomé el sobrenombre,[1] y fue desta manera: mi padre, que Dios perdone, tenía cargo de proveer una molienda de una aceña[2] que está ribera de aquel río, en la cual fue molinero más de quince años; y estando mi madre una noche en la aceña, preñada de mí, tomóle el parto y parióme allí; de manera que con verdad me puedo decir nascido en el río. (3)

Pues siendo yo niño de ocho años, achacaron a mi padre ciertas sangrías mal hechas en los costales de los que allí a moler venían, por lo cual fue preso, y confesó, y no negó,[3] y padesció persecución por justicia. Espero en Dios que está en la Gloria, pues el Evange-

---

[1] *sobrenombre:* apellido.   [2] *aceña:* molino movido por agua.   [3] Parodia del Evangelio de San Juan: «confessus est et non negavit» (1, 20).

(3) Alude de manera claramente paródica al nacimiento de *Amadís de Gaula*, a fin de establecer un contraste entre el caballero y el pícaro; entre el héroe idealizado de los libros de caballerías y el antihéroe realista que protagonizará, después del *Lazarillo*, los relatos picarescos.

lio los llama bienaventurados.[4] En este tiempo se hizo cierta armada contra moros, entre los cuales[5] fue mi padre, que a la sazón estaba desterrado por el desastre[6] ya dicho, con cargo de acemilero[7] de un caballero que allá fue. Y con su señor, como leal criado, fenesció su vida.

Mi viuda madre, como sin marido y sin abrigo se viese, determinó arrimarse a los buenos, por ser uno dellos, y vínose a vivir a la ciudad, y alquiló una casilla, y metióse a guisar de comer a ciertos estudiantes, y lavaba la ropa a ciertos mozos de caballos del Comendador de la Magdalena; de manera que fue frecuentando las caballerizas.

Ella y un hombre moreno,[8] de aquellos que las bestias curaban,[9] vinieron en conoscimiento.[10] Este algunas veces[11] se venía a nuestra casa, y se iba a la mañana; otras veces de día llegaba a la puerta, en achaque de comprar huevos, y entrábase en casa. Yo, al principio de su entrada, pesábame con él y habíale miedo, viendo el color y mal gesto[12] que tenía; mas de que vi que con su venida mejoraba el comer, fuile queriendo bien, porque siempre traía pan, pedazos de carne, y en el invierno leños, a que nos calentábamos.

De manera que, continuando la posada y conversación,[13] mi madre vino a darme un negrito muy bonito, el cual yo brincaba[14] y ayudaba a calentar. Y acuérdome que, estando el negro de mi padrastro trebajando[15] con el mozuelo, como el niño vía a mi

---

[4] Prosigue el texto en su parodia del Evangelio, ahora de San Mateo («Bienaventurados los que padecen *persecuciones por justicia*, porque de ellos es el reino de los cielos», 5, 10), jugando con la doble acepción de «por justicia», que significa 'a causa de su virtud' en el texto bíblico, mientras que quiere decir 'por el poder judicial' en el *Lazarillo*. [5] Chiste disémico que, por un lado, significa que el padre de Lázaro se unió a los militares que marcharon «contra moros», y, por otro, sugiere que era uno de ellos, un morisco: «entre los cuales (moros) fue mi padre». [6] *desastre:* se refiere a las *sangrías* o hurtos de cereales en que fue sorprendido. [7] *acemilero:* mulero, que tiene a su cargo el cuidado de las mulas y labra la tierra con ellas. [8] *moreno:* negro. [9] *curaban:* cuidaban. [10] *conoscimiento:* en la doble acepción de 'conocer' y de 'tener trato carnal'. [11] Seguramente, errata por «algunas noches». [12] *gesto:* rostro. *Mal gesto:* feo rostro. [13] *conversación:* en la acepción erótica de amancebamiento. [14] *brincaba:* jugaba con él, subiéndole y bajándole en brazos sucesivamente. [15] *trebajando:* jugueteando.

madre y a mí blancos, y a él no, huía dél, con miedo, para mi madre, y señalando con el dedo, decía: «¡Madre, coco!» Respondió él riendo: «¡Hideputa!»[16]

Yo, aunque bien mochacho, noté aquella palabra de mi hermanico, y dije entre mí: «¡Cuántos debe de haber en el mundo que huyen de otros porque no se veen a sí mesmos!»

Quiso nuestra fortuna que la conversación del Zaide,[17] que así se llamaba, llegó a oídos del mayordomo,[18] y hecha pesquisa, hallóse que la mitad por medio de la cebada que para las bestias le daban hurtaba; y salvados,[19] leña, almohazas,[20] mandiles, y las mantas y sábanas de los caballos hacía perdidas; y cuando otra cosa no tenía, las bestias desherraba, y con todo esto acudía a mi madre para criar a mi hermanico. No nos maravillemos de un clérigo ni fraile porque el uno hurta de los pobres, y el otro de casa, para sus devotas y para ayuda de otro tanto,[21] cuando a un pobre esclavo el amor le animaba a esto.

Y probósele cuanto digo y aun más, porque a mí, con amenazas, me preguntaban, y como niño respondía y descubría cuanto sabía con miedo, hasta ciertas herraduras que por mandado de mi madre a un herrero vendí.

---

[16] Chiste de corte tradicional, como ha demostrado F. Lázaro Carreter, que se sirve de dos juegos verbales: en el primero, al decir el niño «¡Madre, coco!», tilda, ingenuamente, a su padre de negro, sin darse cuenta de que él también lo es, ya que el vocablo infantil *coco*, «en el lenguaje de los niños vale figura que causa espanto, y ninguna tanto como las que están a lo oscuro o muestran *color negro*» (Covarrubias). En el segundo, al responder el padre «hideputa», califica a su hijo de tal, conforme a la acepción literal del término, dada la condición *non sancta* de su madre, y, simultáneamente, lo utiliza en sentido contrario, afectivo y cariñoso.   [17] El nombre indudablemente morisco sirve para corroborar las sugerencias coloristas anteriores («moreno», negro como «coco»).   [18] *mayordomo*: el criado que tiene a su cargo el gobierno de la casa de un señor.   [19] *salvados*: las cáscaras del trigo u otros cereales que quedan mezcladas en el harina, después de la molienda.   [20] *almohazas*: cepillos de dientes metálicos, en vez de cerdas, que se utilizan para limpiar las caballerías.   [21] Frase muy oscura que podría interpretarse como una correlación, de la siguiente manera: 'el clérigo roba de los pobres y el fraile de su convento, ambos para sus *devotas* y para quedarse con otro tanto de lo que les dan a ellas'. *Devotas*, de otra parte, se usa en acepción doble, a la vez como mujeres piadosas y como 'coimas o mancebas' de los poco castos religiosos. F. Rico cree que «el fraile hurta del convento para satisfacer a sus devotas y para contribuir a procurarse otras, es decir, para amantes voluntarias y para amantes mercenarias».

Al triste de mi padrastro azotaron y pringaron,[22] y a mi madre pusieron pena por justicia, sobre el acostumbrado centenario;[23] que en casa del sobredicho Comendador no entrase ni al lastimado Zaide en la suya acogiese.

Por no echar la soga tras el caldero,[24] la triste se esforzó y cumplió la sentencia; y por evitar peligro y quitarse de malas lenguas, se fue a servir a los que al presente vivían en el mesón de la Solana; y allí, padesciendo mil importunidades, se acabó de criar mi hermanico hasta que supo andar, y a mí hasta ser buen mozuelo, que iba a los huéspedes por vino y candelas y por lo demás que me mandaban.

En este tiempo vino a posar al mesón un ciego, el cual, paresciéndole que yo sería para adestralle,[25] me pidió a mi madre, y ella me encomendó a él, diciéndole cómo era hijo de un buen hombre, el cual, por ensalzar la fe, había muerto en la de los Gelves, y que ella confiaba en Dios no saldría peor hombre que mi padre, y que le rogaba me tratase bien y mirase por mí, pues era huérfano. Él respondió que así lo haría y que me recibía no por mozo, sino por hijo. Y así le comencé a servir y adestrar a mi nuevo y viejo amo.[26]

Como estuvimos en Salamanca algunos días, paresciéndole a mi amo que no era la ganancia a su contento, determinó irse de allí, y cuando nos hubimos de partir yo fui a ver a mi madre, y, ambos llorando, me dio su bendición y dijo:

—Hijo, ya sé que no te veré más. Procura de ser bueno, y Dios te guíe. Criado te he y con buen amo te he puesto, válete por ti.(4)

---

[22] *pringaron:* dieron un tormento especial, usualmente aplicado a los esclavos, que consistía en azotar el vientre y rociar las heridas causadas por el flagelo con *pringue* de tocino derretido al fuego. [23] *centenario:* cien azotes. [24] *por no echar la soga tras el caldero:* por no echar a perder todo, después de haber perdido a su mantenedor y haber sido azotada y condenada, y, simultáneamente, merced al juego de palabras, 'por no ir a parar a la soga de la horca, 'tras el caldero de pringue'. [25] *adestralle:* servirle de lazarillo. [26] Es decir, *nuevo* como amo y *viejo* como hombre.

(4) En este momento se inicia la verdadera «historia» del pícaro, pues hasta ahora el relato ha narrado sólo la «pre-historia». A partir del *Lazarillo*, todas las novelas picarescas inician su relato autobiográfico con el de su «pre-historia», esto es, de sus antecedentes familiares, que constituyen

Y así, me fui para mi amo, que esperándome estaba.

Salimos de Salamanca, y, llegando a la puente, está a la entrada della un animal de piedra, que casi tiene forma de toro, y el ciego mandóme que llegase cerca del animal, y allí puesto, me dijo:

—Lázaro, llega el oído a este toro y oirás gran ruido dentro dél.

Yo simplemente llegué, creyendo ser ansí; y como sintió que tenía la cabeza par de la piedra, afirmó recio la mano y diome una gran calabazada[27] en el diablo del toro, que más de tres días me duró el dolor de la cornada, y díjome:

—Necio, aprende, que el mozo del ciego un punto ha de saber más que el diablo.

Y rió mucho la burla.

Parescióme que en aquel instante desperté de la simpleza en que, como niño, dormido estaba. Dije entre mí: «Verdad dice éste, que me cumple avivar el ojo y avisar, pues solo soy, y pensar cómo me sepa valer.»[(5)]

---

[27] *calabazada:* golpe consistente en hacer chocar la cabeza contra la pared, una piedra, o una cabeza contra otra.

~~~~~~

siempre un linaje vil y abyecto. Este hecho es de capital importancia, puesto que el personaje principal, el pícaro, queda definitivamente condicionado, predeterminado por su origen familiar, por su herencia de sangre, que, además de su baja estofa e inmoralidad —padre ladrón, madre que se amanceba—, suele conllevar «mancha de sangre» —padre sugerido como morisco, padrastro indudablemente morisco y hermanastro mestizo—, a fin de estigmatizar, *ab initio*, al antihéroe. Como resulta que, después, éste intenta ascender en la escala social y cambiar de clase, los temas centrales de la novela picaresca se centran en la posibilidad de ascenso social de un desarrapado, en relación obligada con su herencia de sangre, con su condición moral, con su clase social, con el concepto imperante de la honra, etc. Relaciónese todo esto con el «caso» final y con el «buen puerto», a partir del prólogo inicial. (Véase **2**.)

(5) En este instante se produce lo que será, después del *Lazarillo*, un tópico estructural del género picaresco: el estereotipado «despertar del pícaro»; la transformación brusca del niño ingenuo e inocente en sagaz truhán y pícaro. Así, esquemáticamente, abruptamente, el niño sin malicia se convierte, al entrar en contacto con un mundo siempre hostil y adverso, en pícaro artero e ingenioso, pues no le queda otra opción, si quiere

Comenzamos nuestro camino, y en muy pocos días me mostró jerigonza;[28] y como me viese de buen ingenio, holgábase mucho y decía:

—«Yo oro ni plata no te lo puedo dar; mas avisos para vivir muchos te mostraré.»

Y fue ansí, que, después de Dios, éste me dio la vida, y siendo ciego me alumbró y adestró en la carrera de vivir.

Huelgo de contar a Vuestra Merced estas niñerías para mostrar cuánta virtud sea saber los hombres subir siendo bajos, y dejarse bajar siendo altos cuánto vicio.[6]

Pues tornando al bueno de mi ciego y contando sus cosas, Vuestra Merced sepa que, desde que Dios crió el mundo, ninguno formó más astuto ni sagaz. En su oficio era un águila: ciento y tantas oraciones sabía de coro;[29] un tono bajo, reposado y muy sonable, que hacía resonar la iglesia donde rezaba; un rostro humilde y devoto, que con muy buen continente ponía cuando rezaba, sin hacer gestos ni visajes con boca ni ojos como otros suelen hacer. Allende[30] desto, tenía otras mil formas y maneras para sacar el dinero. Decía saber oraciones para muchos y diversos

---

[28] *jerigonza:* «un cierto lenguaje particular de que usan los ciegos, con que se entienden entre sí» (Covarrubias). [29] *de coro:* de memoria. [30] *allende:* además.

sobrevivir. La existencia estrictamente picaresca es, desde este momento, una suerte de lucha por la vida en la que el antihéroe no cuenta con otras armas que su astucia e inteligencia, puesto que es pobre y está solo, desprovisto de todo amparo familiar.

(6) Relaciónese esta reflexión con el prólogo y con el «caso», «buen puerto» y «cumbre de toda buena fortuna» finales. Lázaro está seguro de haber ascendido de clase social. Pero, ¿es así? Además, nótese que la referencia al destinatario de la epístola, a «Vuestra Merced», pertenece a una temporalidad distinta a la de los hechos que narra en este momento. ya que es una digresión desde el presente del narrador, desde el «ahora» del Lázaro escritor que relata su vida; y no desde el pasado de su niñez pícaral, no desde el «antes» del picarillo actor que protagonizara el episodio del ciego. Hay, pues, dos temporalidades distintas en la autobiografía, y ello implica una dualidad del personaje, ya en funciones de actor, Lazarillo; ya de narrador, Lázaro.

efectos: para mujeres que no parían, para las que estaban de parto, para las que eran malcasadas, que sus maridos las quisiesen bien. Echaba pronósticos a las preñadas si traían hijo o hija. Pues en caso de medicina, decía que Galeno no supo la mitad que él para muela, desmayos, males de madre.[31] Finalmente, nadie le decía padecer alguna pasión,[32] que luego[33] no le decía: «Haced esto, haréis estotro, cosed[34] tal yerba, tomad tal raíz.» Con esto andábase todo el mundo tras él, especialmente mujeres, que cuanto les decía, creían. Déstas sacaba él grandes provechos con las artes que digo, y ganaba más en un mes que cien ciegos en un año.

Mas también quiero que sepa Vuestra Merced que, con todo lo que adquiría y tenía, jamás tan avariento ni mezquino hombre no vi, tanto que me mataba a mí de hambre, y así no me demediaba[35] de lo necesario. Digo verdad: si con mi sotileza y buenas mañas no me supiera remediar, muchas veces me finara de hambre; mas, con todo su saber y aviso, le contaminaba[36] de tal suerte, que siempre, o las más veces, me cabía lo más y mejor. Para esto le hacía burlas endiabladas, de los cuales contaré algunas, aunque no todas a mi salvo.[7]

Él traía el pan y todas las otras cosas en un fardel[37] de lienzo que por la boca se cerraba con una argolla de hierro y su candado y su llave, y al meter de todas las cosas y sacallas, era con tan gran vigilancia y tanto por contadero,[38] que no bastara hombre en todo el mundo hacerle menos una migaja. Mas yo tomaba aquella laceria[39] que él me daba, la cual en menos de dos bocados era despachada. Después que cerraba el candado y se descuidaba, pensando que yo estaba entendiendo en otras cosas, por un poco de

---

[31] *madre:* matriz.   [32] *pasión:* enfermedad.   [33] *luego:* inmediatamente.   [34] *cosed:* coced; luego, *tomad:* comed.   [35] *no me demediaba:* no comía ni la mitad de lo que necesitaba.   [36] *contaminaba:* engañaba.   [37] *fardel:* talega que llevaban los pobres.   [38] *por contadero:* una a una, con cuentagotas.   [39] *laceria:* miseria.

(7) Obsérvese que Lázaro no cuenta toda su vida, sino que relata sólo una selección de la misma formada por aquellas partes que son más significativas y relevantes para explicar su peculiar situación en el «caso» final; esto es, que selecciona con el fin de ofrecer una visión coherente de su evolución vital.

costura, que muchas veces del un lado del fardel descosía y tornaba a
coser, sangraba el avariento fardel, sacando no por tasa pan, mas
buenos pedazos, torreznos y longaniza. Y ansí, buscaba conviene-
te tiempo para rehacer, no la chaza,[40] sino la endiablada falta que
el mal ciego me faltaba.

Todo lo que podía sisar y hurtar traía en medias blancas;[41] y
cuando le mandaban rezar y le daban blancas, como él carecía de
vista, no había el que se la daba amagado con ella, cuando yo la
tenía lanzada en la boca y la media aparejada, que por presto que
él echaba la mano, ya iba de mi cambio aniquilada en la mitad del
justo precio.[42] Quejábaseme el mal ciego, porque al tiento luego
conocía y sentía que no era blanca entera, y decía:

— ¿Qué diablo es esto, que después que comigo estás no me dan
sino medias blancas, y de antes una blanca y un maravedí hartas
veces me pagaban? En ti debe estar esta desdicha.

También él abreviaba el rezar y la mitad de la oración no
acababa, porque me tenía mandado que, en yéndose el que la
mandaba rezar, le tirase por cabo del capuz.[43] Yo así lo hacía.
Luego él tornaba a dar voces, diciendo: «¿Mandan rezar tal y tal
oración?», como suelen decir.

Usaba poner cabe[44] sí un jarrillo de vino cuando comíamos, e
yo, muy de presto, le asía y daba un par de besos[45] callados y
tornábale a su lugar. Mas turóme[46] poco, que en los tragos conocía
la falta, y por reservar su vino a salvo, nunca después desamparaba
el jarro, antes lo tenía por el asa asido. Mas no había piedra imán

---

[40] *rehacer la chaza*: «volver a jugar la pelota» (Covarrubias), esto es, 'repetir el
engaño'; y, *rehacer... la falta* significa 'remediar el error', según la metáfora del juego
de pelota, por lo que quiere decir 'reparar la escasez' en el uso disémico que Lázaro
hace de ella. La frase, pues, equivale a la siguiente: 'buscaba tiempo conveniente, no
para repetir el engaño, sino para remediar la endiablada escasez de alimentos en que
el mal ciego me tenía'.   [41] *medias blancas*: monedas de ínfimo valor. Dos valían una
blanca, y cuatro un *maravedí*.   [42] Es decir, que en el momento en que el donante
arrojaba la blanca, Lázaro la recogía para besarla —según costumbre añeja de
mendigos—, y, entonces, la cambiaba por media blanca que tenía preparada en la
boca, donde quedaba *lanzada* (metida) la otra moneda, de tal modo que a la mano del
ciego sólo llegaba media blanca.   [43] *capuz*: capa cerrada y larga.   [44] *cabe*: al lado
de, junto a.   [45] *daba un par de besos*: bebía un par de tragos; porque *dar besitos al jarro*
es beber poco a poco.   [46] *turóme*: duróme.

que así trajese a sí como yo con una paja larga de centeno, que
para aquel menester tenía hecha, la cual, metiéndola en la boca
del jarro, chupando el vino, lo dejaba a buenas noches.[47] Mas,
como fuese el traidor tan astuto, pienso que me sintió, y dende en
adelante mudó propósito, y asentaba su jarro entre las piernas, y
atapábale con la mano, y ansí bebía seguro.

Yo, como estaba hecho al vino, moría por él, y viendo que aquel
remedio de la paja no me aprovechaba ni valía, acordé en el suelo
del jarro hacerle una fuentecilla y agujero sotil, y delicadamente
con una muy delgada tortilla de cera taparlo, y al tiempo de
comer, fingiendo[48] haber frío, entrábame entre las piernas del triste
ciego a calentarme en la pobrecilla lumbre que teníamos, y al
calor della luego derretida la cera, por ser muy poca, comenzaba
la fuentecilla a destilarme en la boca, la cual yo de tal manera
ponía, que maldita la gota se perdía. Cuando el pobreto iba a
beber, no hallaba nada. Espantábase, maldecíase, daba al diablo
el jarro y el vino, no sabiendo qué podía ser.

—No diréis, tío, que os lo bebo yo —decía—, pues no le quitáis
de la mano.

Tantas vueltas y tientos dio al jarro, que halló la fuente, y cayó
en la burla; mas así lo disimuló como si no lo hubiera sentido. Y
luego otro día,[49] teniendo yo rezumando mi jarro como solía, no
pensando el daño que me estaba aparejado ni que el mal ciego me
sentía, sentéme como solía. Estando recibiendo aquellos dulces
tragos, mi cara puesta hacia el cielo, un poco cerrados los ojos por
mejor gustar el sabroso licor, sintió el desesperado ciego que agora
tenía tiempo de tomar de mí venganza, y con toda su fuerza,
alzando con dos manos aquel dulce y amargo jarro, le dejó caer

---

[47] *a buenas noches:* sin una gota, sin nada, vacío. Esta expresión proverbial es
explicada así por Gonzalo Correas: «*A buenas noches:* cuando se apaga una vela y
quedan a escuras; y cuando uno se despide a la noche, o *pierde la vista,* o algún
negocio, se dice: *quedóse a buenas noches.*» El juego verbal de esta frase hecha con la
ceguera real del invidente está avalado aún más por la siguiente anécdota que relata
Melchor de Santa Cruz: «A un portugués que no tenía más de un ojo sucedió que,
esgrimiendo, de una estocada le sacaron el otro ojo. Y como quedó a escuras, dijo a
unos caballeros que le estaban mirando: *Fica a boas noites,* fidalgos.»   [48] *fingendo:*
fingiendo.   [49] *otro día:* al día siguiente.

sobre mi boca, ayudándose, como digo, con todo su poder, de manera que el pobre Lázaro, que de nada desto se guardaba, antes, como otras veces, estaba descuidado y gozoso, verdaderamente me pareció que el cielo, con todo lo que en él hay, me había caído encima.

Fue tal el golpecillo, que me desatinó[50] y sacó de sentido, y el jarrazo tan grande, que los pedazos dél se me metieron por la cara, rompiéndomela por muchas partes, y me quebró los dientes, sin los cuales hasta hoy día me quedé.

Desde aquella hora quise mal al mal ciego, y, aunque me quería y regalaba y me curaba,[51] bien vi que se había holgado del cruel castigo. Lavóme con vino las roturas que con los pedazos del jarro me había hecho, y, sonriéndose, decía:

—¿Qué te parece, Lázaro? Lo que te enfermó te sana y da salud.[52]

Y otros donaires, que a mi gusto no lo eran.

Ya que estuve medio bueno de mi negra trepa[53] y cardenales, considerando que a pocos golpes tales el cruel ciego ahorraría de mí,[54] quise yo ahorrar dél; mas no lo hice tan presto por hacello más a mi salvo y provecho. Y aunque yo quisiera asentar mi corazón y perdonalle el jarrazo, no daba lugar el maltratamiento que el mal ciego dende allí adelante me hacía, que sin causa ni razón me hería,[55] dándome coxcorrones[56] y repelándome. Y si alguno le decía por qué me trataba tan mal, luego contaba el cuento del jarro, diciendo:

—¿Pensaréis que este mi mozo es algún inocente? Pues oíd si el demonio ensayara otra tal hazaña.

Santiguándose los que lo oían, decían:

—¡Mirá[57] quién pensara de un muchacho tan pequeño tal ruindad!

---

[50] *desatinó:* hizo perder el tino, turbó el sentido, enajenó. [51] *curaba:* cuidaba. [52] El chiste del ciego juega con la tópica alusión de la época a la dual y simultánea capacidad del vino para sanar y enfermar («los provechos del vino y sus daños corren a las parejas», dice Covarrubias), y con el hecho real acaecido a Lázaro de enfermar, no por el contenido (vino: borrachera), sino por el continente (jarro). [53] *trepa:* guarnición que orla el vestido. Aquí, obviamente, es 'guarnición' de cardenales. [54] *ahorraría de mí:* se libraría de mí. [55] *hería:* golpeaba. [56] *coxcorrones:* coscorrones. [57] *mirá:* mirad. Era usual la pérdida de la -d final del imperativo.

Y reían mucho el artificio, y decíanle:

—Castigaldo,[58] castigaldo, que de Dios lo habréis.[59]

Y él, con aquello, nunca otra cosa hacía.

Y en esto, yo siempre le llevaba por los peores caminos, y adrede, por le hacer mal y daño; si había piedras, por ellas; si lodo, por lo más alto, que aunque yo no iba por lo más enjuto, holgábame a mí de quebrar un ojo por quebrar dos al que ninguno tenía. Con esto, siempre con el cabo alto del tiento[60] me atentaba el colodrillo,[61] el cual siempre traía lleno de tolondrones[62] y pelado de sus manos. Y aunque yo juraba no lo hacer con malicia, sino por no hallar mejor camino, no me aprovechaba ni me creía más: tal era el sentido y el grandísimo entendimiento del traidor.

Y porque vea Vuestra Merced a cuánto se estendía[63] el ingenio deste astuto ciego, contaré un caso[(8)] de muchos que con él me acaescieron, en el cual me paresce dio bien a entender su gran astucia. Cuando salimos de Salamanca, su motivo fue venir a tierra de Toledo, porque decía ser la gente más rica, aunque no muy limosnera. Arrimábase a este refrán: «Más da el duro que el desnudo.» Y venimos a este camino por los mejores lugares. Donde hallaba buena acogida y ganancia, deteníamonos; donde no, a tercero día hacíamos Sant Juan.[64]

Acaesció que, llegando a un lugar que llaman Almorox al tiempo que cogían las uvas, un vendimiador le dio un racimo dellas en limosna. Y como suelen ir los cestos maltratados, y también porque la uva en aquel tiempo está muy madura, desgra-

---

[58] *castigaldo:* metátesis por *castigadlo* normal en el siglo XVI. [59] *que de Dios lo habréis:* que Dios os lo recompensará. [60] *tiento:* palo de ciego. [61] *colodrillo:* parte posterior de la cabeza. [62] *tolondrones:* chichones. [63] *estendía:* extendía. [64] *hacíamos Sant Juan:* «hacer San Juan», igual que «hacer San Pedro», es frase hecha que significa 'abandonar', 'dejar de hacer', 'renovar' lo que se está haciendo. En el texto quiere decir 'nos marchábamos'. Ambas frases se explican por la costumbre añeja de efectuar los contratos de gañanes y mozos los días de San Juan y San Pedro. El refranero lo prueba: «por San Juan y por San Pedro todos los mozos mudan pelo», «día de San Juan: mudar casa, amo o mozo».

(8) Véase 7.

nábasele el racimo en la mano; para echarlo en el fardel, tornábase mosto y lo que a él se llegaba.[65] Acordó de hacer un banquete, ansí por no lo poder llevar como por contentarme, que aquel día me había dado muchos rodillazos y golpes. Sentámonos en un valladar, y dijo:

—Agora quiero yo usar contigo de una liberalidad, y es que ambos comamos este racimo de uvas, y que hayas dél tanta parte como yo. Partillo hemos desta manera: tú picarás una vez y yo otra, con tal que me prometas no tomar cada vez más de una uva. Yo haré lo mesmo hasta que lo acabemos, y desta suerte no habrá engaño.

Hecho ansí el concierto, comenzamos; mas luego al segundo lance, el traidor mudó propósito, y comenzó a tomar de dos en dos, considerando que yo debría hacer lo mismo. Como vi que él quebraba la postura, no me contenté ir a la par con él, mas aún pasaba adelante: dos a dos, y tres a tres, y como podía, las comía. Acabado el racimo, estuvo un poco con el escobajo en la mano, y, meneando la cabeza, dijo:

—Lázaro, engañado me has; juraré yo a Dios que has tú comido las uvas tres a tres.

—No comí —dije yo—, mas ¿por qué sospecháis eso?

Respondió el sagacísimo ciego:

—¿Sabes en qué veo que las comiste tres a tres? En que comía yo dos a dos y callabas.

A lo cual yo no respondí.[66]

Yendo que íbamos ansí por debajo de unos soportales, en Escalona, adonde a la sazón estábamos, en casa de un zapatero había muchas sogas y otras cosas que de esparto se hacen, y parte dellas dieron a mi amo en la cabeza; el cual, alzando la mano, tocó en ellas, y viendo lo que era, díjome:

—Anda presto, mochacho, salgamos de entre tan mal manjar, que ahoga sin comerlo.

---

[65] *y lo que a él se llegaba:* y se tornaba mosto todo lo que entraba en contacto con el racimo. [66] El texto que, a partir de este momento, reproduzco en cursiva, es una de las interpolaciones de la edición de Alcalá de Henares, consideradas generalmente como realizaciones de una pluma diferente a la del autor del *Lazarillo*; como apócrifas.

Yo, que bien descuidado iba de aquello, miré lo que era, y como no vi sino sogas y cinchas, que no era cosa de comer, díjele:

—*Tío, ¿por qué decís eso?*

Respondióme:

—*Calla, sobrino, según las mañas que llevas, lo sabrás, y verás cómo digo verdad.*

Y ansí pasamos adelante por el mismo portal, y llegamos a un mesón, a la puerta del cual había muchos cuernos en la pared, donde ataban los recueros[67] *sus bestias, y como iba tentando si era allí el mesón adonde él rezaba cada día por la mesonera la oración de la Emparedada, asió de un cuerno, y con un gran sospiro, dijo:*

—*¡Oh mala cosa, peor que tienes la hechura! ¡De cuántos eres deseado poner tu nombre sobre cabeza ajena, y de cuán pocos tenerte, ni aun oir nombre por ninguna vía!*

Como le oí lo que decía, dije:

—*Tío, ¿qué es eso que decís?*

—*Calla, sobrino, que algún día te dará éste que en la mano tengo alguna mala comida y cena.*

—*No le comeré yo —dije—, y no me la dará.*

—*Yo te digo verdad; si no, verlo has, si vives.*[9]

Y ansí pasamos adelante, hasta la puerta del mesón, adonde pluguiere a Dios nunca allá llegáramos, según lo que me suscedía en él.

Era todo lo más que rezaba por mesoneras, y por bodegoneras y turroneras y rameras, y ansí por semejantes mujercillas, que por hombre casi nunca le vi decir oración.

---

[67] *recueros:* arrieros.

(9) Esta profecía de los cuernos, así como la anterior de la soga, encuentran su confirmación al final del relato, de igual modo que sucede con la del vino; pero, como bien ha destacado F. Lázaro Carreter, hay una considerable distancia entre la tosquedad del interpolador alcalaíno y la finura del verdadero autor; entre el carácter ritual y folklórico de los vaticinios apócrifos, y la alusión elegante e implícita del agüero del vino, obra del auténtico artífice de la novela.

Reíme entre mí, y aunque mochacho, noté mucho la discreta consideración del ciego.

Mas, por no ser prolijo, dejo de contar muchas cosas, así graciosas como de notar, que con este mi primer amo me acaescieron, y quiero decir el despidiente y, con él, acabar.

Estábamos en Escalona, villa del duque della,[68] en un mesón, y diome un pedazo de longaniza que le asase. Ya que la longaniza había pringado y comídose las pringadas, sacó un maravedí de la bolsa y mandó que fuese por él de vino a la taberna. Púsome el demonio el aparejo delante los ojos, el cual, como suelen decir, hace al ladrón, y fue que había cabe el fuego un nabo pequeño, larguillo y ruinoso y tal, que por no ser para la olla,[69] debió ser echado allí.

Y como al presente nadie estuviese, sino él y yo solos, como me vi con apetito goloso, habiéndome puesto dentro el sabroso olor de la longaniza (del cual solamente sabía que había de gozar), no mirando qué me podría suceder, pospuesto todo el temor por cumplir con el deseo, en tanto que el ciego sacaba de la bolsa el dinero, saqué la longaniza, y, muy presto, metí el sobredicho nabo en el asador, el cual, mi amo, dándome el dinero para el vino, tomó y comenzó a dar vueltas al fuego, queriendo asar al que de ser cocido, por sus deméritos, había escapado.

Yo fui por el vino, con el cual no tardé en despachar la longaniza; y cuando vine, hallé al pecador del ciego que tenía entre dos rebanadas apretado el nabo, al cual aún no había conoscido por no lo haber tentado con la mano. Como tomase las rebanadas y mordiese en ellas, pensando también llevar parte de la longaniza, hallóse en frío con el frío nabo; alteróse y dijo:

— ¿Qué es esto, Lazarillo?

---

[68] El duque que ostentaba el título del pueblo toledano era don Diego López Pacheco, marqués de Villena y conde de Santisteban, hombre de ideas religiosas progresistas. M. J. Asensio ha relacionado el círculo intelectual que rodeaba a este aristócrata con movimientos de espiritualidad iluministas y alumbrados; y, en concreto, ha utilizado esta referencia para apoyar la hipótesis de que Juan de Valdés fuera el autor del *Lazarillo*, ya que el creador del *Diálogo de la lengua* estuvo en el palacio ducal de Escalona entre 1523 y 1524.   [69] *olla:* cocido.

—¡Lacerado[70] de mí! —dije yo—. ¿Si queréis a mí echar[71] algo? ¿Yo no vengo de traer el vino? Alguno estaba ahí, y por burlar haría esto.

—No, no —dijo él—, que yo no he dejado el asador de la mano. No es posible.

Yo torné a jurar y perjurar que estaba libre de aquel trueco y cambio; mas poco me aprovechó, pues a las astucias del maldito ciego nada se le[72] escondía. Levantóse y asióme por la cabeza y llegóse a olerme. Y como debió sentir el huelgo,[73] a uso de buen podenco, por mejor satisfacerse de la verdad y con la gran agonía[74] que llevaba, asiéndome con las manos, abríame la boca más de su derecho y desatentadamente metía la nariz, la cual él tenía luenga y afilada, y a aquella sazón, con el enojo, se había augmentado un palmo, con el pico de la cual me llegó a la gulilla.[75]

Y con esto, y con el gran miedo que tenía, y con la brevedad del tiempo, la negra longaniza aún no había hecho asiento en el estómago, y lo más principal, con el destiento[76] de la cumplidísima nariz medio cuasi ahogándome, todas estas cosas se juntaron, y fueron causa que el hecho y golosina se manifestase y lo suyo fuese vuelto a su dueño. De manera que, antes que el mal ciego sacase de mi boca su trompa, tal alteración sintió mi estómago, que le dio con el hurto en ella, de suerte que su nariz y la negra mal maxcada longaniza a un tiempo salieron de mi boca.

¡Oh gran Dios, quién estuviera aquella hora sepultado, que muerto ya lo estaba! Fue tal el coraje del perverso ciego, que, si al ruido no acudieran, pienso no me dejara con la vida. Sacáronme de entre sus manos, dejándoselas llenas de aquellos pocos cabellos que tenía, arañada la cara y rascuñado el pescuezo y la garganta.

---

[70] *lacerado:* pobre, mísero. [71] *echar:* achacar. [72] Utilizar *le* por *les*, como sucede aquí, es normal en el castellano del siglo XVI. [73] *huelgo:* aliento. [74] *agonía:* ansiedad. [75] *gulilla:* epiglotis, parte inicial de la garganta. [76] *destiento:* el chiste se provoca merced a la disemia, ya que, si por un lado la frase hace referencia al «destiento» o desmesura de la enorme *(cumplidísima)* nariz; por otro, alude a la 'poca moderación o descortesía' *(destiento)* de la nariz, que hace cumplimientos *(cumplidísima)* o cortesías. F. Rico interpreta el término como 'turbación', en tanto que deformación humorística de *tiento*, con alusión a *destiempo*.

Y esto bien lo merescía, pues por su maldad me venían tantas persecuciones.[77]

Contaba el mal ciego a todos cuantos allí se allegaban mis desastres, y dábales cuenta una y otra vez, así de la del jarro como de la del racimo, y agora de lo presente. Era la risa de todos tan grande, que toda la gente que por la calle pasaba entraba a ver la fiesta; mas con tanta gracia y donaire recontaba[78] el ciego mis hazañas, que aunque yo estaba tan maltratado y llorando, me parescía que hacía sinjusticia en no se las reír.

Y en cuanto esto pasaba, a la memoria me vino una cobardía y flojedad que hice por que[79] me maldecía, y fue no dejalle sin narices, pues tan buen tiempo tuve para ello, que la meitad del camino estaba andado; que con sólo apretar los dientes se me quedaran en casa, y, con ser de aquel malvado, por ventura lo retuviera mejor mi estómago que retuvo la longaniza, y, no paresciendo ellas, pudiera negar la demanda.[80] Pluguiera a Dios que lo hubiera hecho, que eso fuera así que así.[81]

Hiciéronnos amigos la mesonera y los que allí estaban, y con el vino que para beber le había traído, laváronme la cara y la garganta. Sobre lo cual discantaba[82] el mal ciego donaires, diciendo:

—Por verdad, más vino me gasta este mozo en lavatorios al cabo del año que yo bebo en dos. A lo menos, Lázaro, eres en más cargo al vino que a tu padre, porque él una vez te engendró, mas el vino mil te ha dado la vida.

Y luego contaba cuántas veces me había descalabrado y arpado[83] la cara, y con vino luego sanaba.

---

[77] El sujeto de *merescía* es la garganta, por lo que hay que interpretar que «por su maldad (de la garganta) me venían tantas *persecuciones*», o lo que es lo mismo, 'trabajos, fatigas, molestias'. [78] *recontaba:* relataba, contaba. [79] *por que:* la forma es correcta así, ya que no se trata de la conjunción *porque*, sino del relativo *que* con preposición, cuyo antecedente es (ambos términos como uno solo) *flojedad y cobardía*. Equivale a 'por la que'. [80] Utiliza términos jurídicos para decir que 'al no aparecer el cuerpo del delito, no hubiera sido posible la demanda judicial'. [81] *que eso fuera así que así:* que lo mismo me hubiera dado haberle mordido que no haberlo hecho. [82] *discantaba:* no sólo se refiere a que el ciego 'comentaba o glosaba', sino que también usa la acepción musical del verbo *discantar*, que significa 'cantar en contrapunto'. Es decir, que 'ofrecía el contrapunto burlesco a la actitud triste del pícaro'. [83] *arpado:* arañado, desgarrado.

—Yo te digo —dijo— que si un hombre en el mundo ha de ser bienaventurado con vino, que serás tú.[10]

Y reían mucho, los que me lavaban, con esto, aunque yo renegaba. Mas el pronóstico del ciego no salió mentiroso, y después acá muchas veces me acuerdo de aquel hombre, que sin duda debía tener espíritu de profecía, y me pesa de los sinsabores que le hice, aunque bien se lo pagué, considerando lo que aquel día me dijo salirme tan verdadero como adelante Vuestra Merced oirá.

Visto esto y las malas burlas que el ciego burlaba de mí, determiné de todo en todo dejalle, y como lo traía pensado y lo tenía en voluntad, con este postrer juego que me hizo, afirmélo más. Y fue ansí, que luego otro día salimos por la villa a pedir limosna y había llovido mucho la noche antes; y porque el día también llovía, y andaba rezando debajo de unos portales que en aquel pueblo había, donde no nos mojamos;[84] mas como la noche se venía, y el llover no cesaba, díjome el ciego:

—Lázaro, esta agua es muy porfiada, y cuanto la noche más cierra, más recia; acojámonos a la posada con tiempo.

Para ir allá, habíamos de pasar un arroyo que con la mucha agua iba grande. Yo le dije:

—Tío, el arroyo va muy ancho; mas si queréis, yo veo por donde travesemos más aína[85] sin nos mojar, porque se estrecha allí mucho, y saltando pasaremos a pie enjuto.

Parescióle buen consejo, y dijo:

—Discreto eres, por esto te quiero bien. Llévame a ese lugar

---

[84] *mojamos* por *mojábamos* era una forma frecuente del imperfecto durante el Siglo de Oro. [85] *aína:* fácilmente.

(10) La profecía del ciego se cumplirá, en efecto, al acabar la autobiografía, cuando Lázaro dice encontrarse en «la cumbre de toda buena fortuna» por el hecho de ser, entre otras cosas, pregonero de los vinos del arcipreste de San Salvador. Aunque, claro es, la bienaventuranza del pícaro será, cuando menos, moralmente discutible, si no desde un punto de vista material. Aparte de esto, nótese la bien trenzada ligazón que une así los capítulos primero y postrero de la novela de manera tan inteligente. (Véase **9**.)

donde el arroyo se ensangosta,[86] que agora es invierno y sabe mal el agua, y más llevar los pies mojados.

Yo, que vi el aparejo a mi deseo, saquéle de bajo de los portales, y llevéle derecho a un pilar o poste de piedra que en la plaza estaba, sobre el cual y sobre otros cargaban saledizos de aquellas casas, y dígole:

—Tío, éste es el paso más angosto que en el arroyo hay.

Como llovía recio y el triste se mojaba, y con la priesa que llevábamos de salir del agua, que encima de nos caía, y, lo más principal, porque Dios le cegó aquella hora el entendimiento (fue por darme dél venganza), creyóse de mí y dijo:

—Ponme bien derecho y salta tú el arroyo.

Yo le puse bien derecho enfrente del pilar, y doy un salto y póngome detrás del poste como quien espera tope de toro y díjele:

—¡Sús! Saltá todo lo que podáis, porque deis deste cabo del agua.

Aun apenas lo había acabado de decir, cuando se abalanza el pobre ciego como cabrón, y de toda su fuerza arremete, tomando un paso atrás de la corrida para hacer mayor salto, y da con la cabeza en el poste, que sonó tan recio como si diera con una gran calabaza, y cayó luego para atrás, medio muerto y hendida la cabeza.

—¿Cómo, y olistes la longaniza y no el poste? ¡Olé! ¡Olé![87] —le dijo yo.[(11)]

---

[86] *se ensangosta:* se angosta, se estrecha. [87] *olé:* oled. La anécdota goza de amplia tradición folklórica en España, aunque en lugar de *longaniza-poste*, se juega con *tocino-esquina*. Así, en el *Cancionero* de Sebastián de Horozco se recoge un chiste similar en el que el lazarillo dice al ciego: «Pues que olistes el tocino, / ¿cómo no olistes la esquina?»

(11) Obsérvese que este episodio de la «calabazada» que recibe el ciego, el último de las andanzas del pícaro en su compañía, es el correlato antitético y simétrico perfecto de la «calabazada» que Lazarillo había recibido en el primero de la serie contra el toro de piedra del puente salmantino. Asimismo, es muy interesante notar que el conjunto de estas peripecias sigue el tradicional esquema folklórico del «burlador burlado». Ahondando en esta línea, Alan C. Soons ha demostrado que los dos

Y dejéle en poder de mucha gente que lo había ido a socorrer, y tomé la puerta de la villa en los pies de un trote, y antes que la noche viniese di conmigo en Torrijos. No supe más lo que Dios dél hizo, ni curé[88] de lo saber.

---

[88] *ni curé:* ni me preocupé.

primeros tratados del *Lazarillo* se construyen conforme a una estructura fabliellesca, de cuentecillo popular, en la que el pícaro no es más que la recreación novelesca del personaje típico («figura») de la fabliella tradicional.

TRATADO SEGUNDO

CÓMO LÁZARO SE ASENTÓ CON UN CLÉRIGO
Y DE LAS COSAS QUE CON ÉL PASÓ

Otro día,[1] no pareciéndome estar allí seguro, fuime a un lugar que llaman Maqueda, adonde me toparon mis pecados con un clérigo, que llegando a pedir limosna, me preguntó si sabía ayudar a misa. Yo dije que sí, como era verdad, que aunque maltratado, mil cosas buenas me mostró el pecador del ciego, y una dellas fue ésta. Finalmente el clérigo me rescibió por suyo.

Escapé del trueno y di en el relámpago, porque era el ciego para con éste un Alejandre Magno,[2] con ser la mesma avaricia, como he contado. No digo más sino que toda la laceria[3] del mundo estaba encerrada en éste (no sé si de su cosecha era o lo había anejado con el hábito de clerecía).(12)

---

[1] *otro día:* al día siguiente. [2] *un Alejandre Magno:* un hombre liberal, generoso, espléndido. [3] *laceria:* miseria, avaricia.

(12) La importancia del fragmento es doble, constructiva e ideológica, pues, por un lado, en su inicio, liga estructuralmente muy bien este tratado que ahora empieza con el anterior, por medio de la explícita gradación descendente de la mezquindad y avaricia desde el ciego hasta este clérigo de Maqueda, aún más avariento que aquél, conforme a una línea de unidad basada en el descenso paulatino de una nota común: la laceria. Por otro lado, al finalizar, achaca la mezquindad del religioso toledano a todos

Él tenía un arcaz viejo y cerrado con su llave, la cual traía atada con una agujeta[4] del paletoque,[5] y en viniendo el bodigo[6] de la iglesia, por su mano era luego allí lanzado, y tornada a cerrar el arca. Y en toda la casa no había ninguna cosa de comer, como suele estar en otras: algún tocino colgado al humero,[7] algún queso puesto en alguna tabla o en el armario, algún canastillo con algunos pedazos de pan que de la mesa sobran, que me paresce a mí que aunque dello no me aprovechara, con la vista dello me consolara.

Solamente había una horca[8] de cebollas, y tras la llave, en una cámara en lo alto de la casa. Déstas tenía yo de ración una para cada cuatro días, y cuando le pedía la llave para ir por ella, si alguno estaba presente, echaba mano al falsopecto,[9] y, con gran continencia, la desataba y me la daba, diciendo:

—Toma, y vuélvela luego, y no hagáis sino golosinar.

Como si debajo della estuvieran todas las conservas[10] de Valencia, con no haber en la dicha cámara, como dije, maldita la otra cosa que las cebollas colgadas de un clavo, las cuales él tenía tan bien por cuenta, que si por malos de mis pecados me desmandara

---

[4] *agujeta*: cinta que tiene dos cabos de metal que, como agujas, entran por los agujeros hechos a propósito. Sirve, o mejor, servía para *atacar* —es decir, *atar*— los calzones, jubones, calzas y otras prendas. [5] *paletoque*: género de capotillo formado por dos piezas que, como las de un escapulario, llegan hasta las rodillas, y sin mangas. [6] *bodigo*: bollo de pan pequeño que ofrendaban las mujeres a la iglesia. [7] *humero*: parte baja de la chimenea en la que se cuelgan longanizas y morcillas para que se sequen. [8] *horca*: ristra. [9] *falsopecto*: bolsillo oculto de seguridad que iba disimulado en el contraforro a la altura del pecho. [10] *conserva*: «cualquier fruta que se adereza con azúcar y miel» (Covarrubias). Las conservas de Valencia eran particularmente apreciadas en la época.

---

los clérigos, como rasgo definidor del grupo, en lo cual bien podría haber una acusación, una crítica de tipo erasmista, porque, además del tópico «monachatus non est pietas», dice Juan de Valdés que: «*caridad* no es otra cosa sino amor de Dios y del prójimo... *sin ella no podemos ser cristianos*... esta la prefiere San Pablo a la fe y a la esperanza» (*Diálogo de Doctrina Christiana*, 1529). Y no es buen ejemplo de caridad cristiana, precisamente, este eclesiástico de Maqueda, ni ningún otro, según el *Lazarillo*.

a más de mi tasa, me costara caro. Finalmente, yo me finaba de hambre.

Pues ya que comigo tenía poca caridad, consigo usaba más. Cinco blancas de carne era su ordinario[11] para comer y cenar. Verdad es que partía comigo del caldo, que de la carne ¡tan blanco el ojo!,[12] sino un poco de pan, y ¡pluguiera a Dios que me demediara!

Los sábados cómense en esta tierra cabezas de carnero,[13] y enviábame por una que costaba tres maravedís. Aquélla le cocía y comía los ojos, y la lengua, y el cogote y sesos, y la carne que en las quijadas tenía, y dábame todos los huesos roídos. Y dábamelos en el plato, diciendo:

—Toma, come, triunfa, que para ti es el mundo. Mejor vida tienes que el Papa.

«¡Tal te la dé Dios!», decía yo paso[14] entre mí.

A cabo de tres semanas que estuve con él, vine a tanta flaqueza, que no me podía tener en las piernas de pura hambre. Vime claramente ir a la sepultura, si Dios y mi saber no me remediaran. Para usar de mis mañas no tenía aparejo, por no tener en qué dalle salto, y aunque algo hubiera, no podía cegalle, como hacía al que Dios perdone (si de aquella calabazada feneció), que todavía, aunque astuto, con faltalle aquel preciado sentido, no me sentía, mas estotro, ninguno hay que tan aguda vista tuviese como él tenía.

Cuando al ofertorio estábamos, ninguna blanca en la concha caía que no era dél registrada: el un ojo tenía en la gente y el otro en mis manos. Bailábanle los ojos en el caxco[15] como si fueran de azogue. Cuantas blancas ofrecían tenía por cuenta, y acabado el ofrecer, luego me quitaba la concheta[16] y la ponía sobre el altar.

No era yo señor de asirle una blanca todo el tiempo que con él veví, o, por mejor decir, morí. De la taberna nunca le traje una

---

[11] *ordinario:* el gasto diario.   [12] *¡tan blanco el ojo!:* nada.   [13] Se refiere a una costumbre local, como atestigua L. Hurtado de Toledo en su *Relación de Toledo:* «los sábados en este pueblo se comen cabezas y manos y los intestinos y menudos de los animales, a causa destar tan lejos de la marítima y ser antigua costumbre.   [14] *paso:* en voz baja.   [15] *caxco:* casco, cabeza.   [16] *concheta:* escudilla honda y abierta como una concha.

blanca de vino, mas aquel poco que de la ofrenda había metido en su arcaz, compasaba de tal forma, que le turaba toda la semana. Y por ocultar su gran mezquindad, decíame:

—Mira, mozo, los sacerdotes han de ser muy templados en su comer y beber, y por esto yo no me desmando como otros.

Mas el lacerado mentía falsamente, porque en cofradías y mortuorios que rezamos,[17] a costa ajena comía como lobo, y bebía más que un saludador.

Y porque dije de mortuorios, Dios me perdone que jamás fui enemigo de la naturaleza humana, sino entonces. Y esto era porque comíamos bien y me hartaban. Deseaba y aún rogaba a Dios que cada día matase el suyo. Y cuando dábamos sacramento a los enfermos, especialmente la Extremaunción, como manda el clérigo rezar a los que están allí, yo cierto no era el postrero de la oración, y con todo mi corazón y buena voluntad rogaba al Señor, no que le echase a la parte que más servido fuese, como se suele decir, mas que le llevase deste mundo. Y cuando alguno de éstos escapaba (Dios me lo perdone), que mil veces le daba al diablo, y el que se moría, otras tantas bendiciones llevaba de mí dichas. Porque en todo el tiempo que allí estuve, que sería cuasi seis meses, solas veinte personas fallescieron, y éstas bien creo que las maté yo, o, por mejor decir, murieron a mi recuesta.[18] Porque viendo el Señor mi rabiosa y continua muerte, pienso que holgaba de matarlos por darme a mí vida. Mas de lo que al presente padecía remedio no hallaba; que si el día que enterrábamos yo vivía, los días que no había muerto, por quedar bien vezado[19] de la hartura, tornando a mi cuotidiana hambre, más lo sentía. De manera que en nada hallaba descanso, salvo en la muerte, que yo también para mí como para los otros, deseaba algunas veces; mas no la vía,[20] aunque estaba siempre en mí.

Pensé muchas veces irme de aquel mezquino amo, mas por dos cosas lo dejaba: la primera, por no me atrever a mis piernas, por temer de la flaqueza, que de pura hambre me venía; y la otra, consideraba y decía: «Yo he tenido dos amos: el primero traíame

---

[17] *rezamos:* rezábamos. [18] *recuesta:* ruego, petición. [19] *vezado:* habituado. [20] *vía:* veía.

muerto de hambre, y dejándole, topé con estotro, que me tiene ya con ella en la sepultura; pues si deste desisto y doy en otro más bajo, ¿qué será sino fenescer?»[13]

Con esto no me osaba menear, porque tenía por fe que todos los grados[21] había de hallar más ruines. Y a abajar otro punto,[22] no sonara Lázaro ni se oyera en el mundo.

Pues estando en tal aflición (cual plega al Señor librar della a todo fiel cristiano), y sin saber darme consejo, viéndome ir de mal en peor, un día que el cuitado, ruin y lacerado[23] de mi amo había ido fuera del lugar, llegóse acaso a mi puerta un calderero, el cual yo creo que fue ángel enviado a mí por la mano de Dios en aquel hábito. Preguntóme si tenía algo que adobar.[24] «En mí teníades bien que hacer, y no haríades poco si me remediásedes», dije paso, que no me oyó.

Mas como no era tiempo de gastarlo en decir gracias, alumbrado por el Espíritu Sancto, le dije:

—Tío,[25] una llave de este arcaz he perdido, y temo mi señor me azote. Por vuestra vida, veáis si en ésas que traéis hay alguna que le haga, que yo os lo pagaré.

Comenzó a probar el angélico calderero una y otra de un gran sartal que dellas traía, y yo [a] ayudalle con mis flacas oraciones. Cuando no me cato,[26] veo en figura[27] de panes, como dicen, la cara de Dios[28] dentro del arcaz, y abierto, díjele:

—Yo no tengo dineros que os dar por la llave, mas tomad de ahí el pago.

Él tomó un bodigo de aquéllos, el que mejor le pareció, y dándome mi llave, se fue muy contento, dejándome más a mí.

---

[21] *grados:* de la escala musical. [22] *punto:* nota musical. [23] *lacerado:* avariento. [24] *adobar:* arreglar, preparar. [25] *tío:* así llaman, aún hoy día, a los viejos en ámbitos rurales. [26] *cuando no me cato:* inesperadamente. [27] *figura:* símbolo. [28] *cara de Dios:* «así llaman al pan caído en el suelo, alzándolo» (Correas).

(13) Con esta reflexión, al unir lo que le acaeciera con el ciego a su situación actual con el clérigo, y augurar, además, lo que le sucederá en el capítulo siguiente con el escudero, Lázaro establece una perfecta relación constructiva unitaria de gradación ponderada entre los tres primeros tratados de su autobiografía.

Mas no toqué en nada por el presente, porque no fuese la falta sentida, y aun porque me vi de tanto bien señor parescióme que la hambre no se me osaba allegar. Vino el mísero de mi amo, y quiso Dios no miró en la oblada²⁹ que el ángel había llevado.

Y otro día, en saliendo de casa, abro mi paraíso panal, y tomo entre las manos y dientes un bodigo, y en dos credos³⁰ le hice invisible, no se me olvidando el arca abierta. Y comienzo a barrer la casa con mucha alegría, paresciéndome con aquel remedio remediar dende en adelante la triste vida.

Y así estuve con ello aquel día y otro gozoso. Mas no estaba en mi dicha que me durase mucho aquel descanso, porque luego, al tercero día, me vino la terciana³¹ derecha.

Y fue que veo a deshora al que me mataba de hambre sobre nuestro arcaz, volviendo y revolviendo, contando y tornando a contar los panes. Yo disimulaba, y en mi secreta oración y devociones y plegarias, decía: «¡Sant Juan y ciégale!»³²

Después que estuvo un gran rato echando la cuenta, por días y dedos contando, dijo:

—Si no tuviera a tan buen recado esta arca, yo dijera que me habían tomado della panes; pero de hoy más, sólo por cerrar la puerta a la sospecha, quiero tener buena cuenta con ellos: nueve quedan y un pedazo.

«¡Nuevas malas te dé Dios!», dije yo entre mí.

Parescióme con lo que dijo pasarme el corazón con saeta de montero, y comenzóme el estómago a escarbar de hambre, viéndose puesto en la dieta pasada. Fue fuera de casa. Yo, por consolarme, abro el arca y, como vi el pan, comencélo de adorar, no osando rescebillo.⁽¹⁴⁾

---

²⁹ *oblada*: ofrenda de pan que se daba por los difuntos al cura. ³⁰ *en dos credos*: el chiste se basa en una alusión de doble sentido, ya que, literalmente, significa 'en brevísimo espacio de tiempo'; pero en correlación con *paraíso*, supone la conocida oración denominada *credo*, en juego verbal irreverente, al modo de los muchos que hay en la novela. ³¹ *terciana*: fiebre que se repetía cada tres días. ³² La exclamación se explica porque San Juan era el patrón de los sirvientes.

(14) La burla irreverente que supone la contemplación de los bodigos del arca como si fueran hostias consagradas en el momento de la comunión

Contélos, si a dicha el lacerado se errara, y hallé su cuenta más verdadera que yo quisiera. Lo más que yo pude hacer fue dar en ellos mil besos, y, lo más delicado que yo pude, del partido partí un poco al pelo que él estaba, y con aquél pasé aquel día, no tan alegre como el pasado.

Mas como la hambre creciese, mayormente que tenía el estómago hecho a más pan aquellos dos o tres días ya dichos, moría mala muerte; tanto, que otra cosa no hacía en viéndome solo, sino abrir y cerrar el arca y contemplar en aquella cara de Dios, que ansí dicen los niños. Mas el mesmo Dios, que socorre a los afligidos, viéndome en tal estrecho, trujo a mi memoria un pequeño remedio: que, considerando entre mí, dije: «Este arquetón es viejo y grande y roto por algunas partes, aunque pequeños agujeros. Puédese pensar que ratones, entrando en él, hacen daño a este pan. Sacarlo entero no es cosa conveniente, porque verá la falta el que en tanta me hace vivir. Esto bien se sufre.»

Y comienzo a desmigajar el pan sobre unos no muy costosos manteles que allí estaban, y tomo uno y dejo otro, de manera que en cada cual de tres o cuatro desmigajé su poco. Después, como quien toma gragea,[33] lo comí, y algo me consolé. Mas él, como viniese a comer y abriese el arca, vio el mal pesar, y sin duda creyó

---

[33] *gragea:* confitura muy menuda.

ha sido interpretada por la crítica desde diversos ángulos de enfoque —descartados los que ven simbolismos religiosos trascendentes, que, obviamente, no existen—. M. J. Asensio relaciona este tipo de fenómenos con su hipótesis de un autor alumbrado, pues a los de esta secta se les achacaba ser poco respetuosos con la Sagrada Forma. Américo Castro, por su parte, cree que esta y otras irreverencias religiosas se explican mejor por el más que posible carácter converso del anónimo autor de la novela. Esta opinión, que goza de notable aceptación entre los estudiosos, no es incompatible, además, con la anterior, extendida a las corrientes erasmistas en general. Sin embargo, hay quienes no ven intencionalidad crítica alguna, basándose en el hecho de que era usual en el siglo XVI comparar episodios meramente profanos con situaciones religiosas paralelas, o con determinados dogmas y ritos católicos, sin que exista otra finalidad que la meramente cómica, dentro de la más rancia ortodoxia cristiana.

ser ratones los que el daño habían hecho, porque estaba muy al propio contrahecho[34] de como ellos lo suelen hacer. Miró todo el arcaz de un cabo a otro y viole ciertos agujeros, por do sospechaba habían entrado. Llamóme diciendo:

—¡Lázaro! ¡Mira, mira qué persecución ha venido aquesta noche por nuestro pan!

Yo híceme muy maravillado, preguntándole qué sería.

—¡Qué ha de ser! —dijo él—. Ratones, que no dejan cosa a vida.

Pusímonos a comer, y quiso Dios que aun en esto me fue bien, que me cupo más pan que la laceria que me solía dar, porque rayó con un cuchillo todo lo que pensó ser ratonado, diciendo:

—Cómete eso, que el ratón cosa limpia es.[(15)]

Y así, aquel día, añadiendo la ración del trabajo de mis manos (o de mis uñas, por mejor decir), acabamos de comer, aunque yo nunca empezaba.

Y luego me vino otro sobresalto, que fue verle andar solícito quitando clavos de las paredes y buscando tablillas, con las cuales clavó y cerró todos los agujeros de la vieja arca.

«¡Oh Señor mío —dije yo entonces—, a cuánta miseria y fortuna y desastres estamos puestos los nascidos y cuán poco turan los placeres de esta nuestra trabajosa vida! Heme aquí que pensaba con este pobre y triste remedio remediar y pasar mi laceria, y estaba ya cuanto que[35] alegre y de buena ventura. Mas no; quiso mi desdicha, despertando a este lacerado de mi amo y poniéndole más diligencia de la que él de suyo se tenía (pues los míseros por la mayor parte nunca de aquélla carecen), agora, cerrando los agujeros del arca, cerrase la puerta a mi consuelo y la abriese a mis trabajos.»[36]

---

[34] *contrahecho:* imitado. [35] *ya cuanto que:* algo, un tanto. [36] El pasaje en su conjunto es uno de los más difíciles del texto. Creo que la mejor manera de entenderlo es puntuar con punto y coma detrás de «*Mas no*», haciendo así afirmativa

(15) Esta frase bien puede soportar, irónicamente, otro duro ataque contra la caridad cristiana del eclesiástico, puesto que el ratón, no sólo no es «cosa limpia», sino que, al contrario, es «animal sucio que suele engendrarse de la corrupción», según Covarrubias.

Así lamentaba yo, en tanto que mi solícito carpintero, con muchos clavos y tablillas, dio fin a sus obras, diciendo:

—Agora, donos[37] traidores ratones, conviéneos mudar propósito, que en esta casa mala medra tenéis.

De que salió de su casa, voy a ver la obra, y hallé que no dejó en la triste y vieja arca agujero ni aun por donde le pudiese entrar un moxquito. Abro con mi desaprovechada llave, sin esperanza de sacar provecho, y vi los dos o tres panes comenzados, los que mi amo creyó ser ratonados, y dellos todavía saqué alguna laceria, tocándolos muy ligeramente, a uso de esgremidor diestro. Como la necesidad sea tan gran maestra, viéndome con tanta siempre, noche y día estaba pensando la manera que ternía[38] en substentar el vivir. Y pienso, para hallar estos negros remedios, que me era luz la hambre, pues dicen que el ingenio con ella se avisa y al contrario con la hartura, y así era por cierto en mí.

Pues estando una noche desvelado en este pensamiento, pensando cómo me podría valer y aprovecharme del arcaz, sentí que mi amo dormía, porque lo mostraba con roncar y en unos resoplidos grandes que daba cuando estaba durmiendo. Levantéme muy quedito, y habiendo en el día pensado lo que había de hacer y dejado un cuchillo viejo que por allí andaba en parte do le hallase, voyme al triste arcaz, y, por do había mirado tener menos defensa, le acometí con el cuchillo, que a manera de barreno dél usé. Y como la antiquísima arca, por ser de tantos años, la hallase sin fuerza y corazón, antes muy blanda y carcomida, luego se me rindió, y consintió en su costado, por mi remedio, un buen agujero. Esto hecho, abro muy paso la llagada arca y, al tiento, del pan que hallé partido, hice según de yuso[39] está escripto. Y con aquello algún tanto consolado, tornando a cerrar, me volví a mis pajas, en las cuales reposé y dormí un poco. Lo cual yo hacía mal y echábalo al no comer. Y ansí sería, porque, cierto, en aquel tiempo

---

la forma verbal que rige el párrafo entero, porque si la mantenemos como negativa («no quiso»), expresa justo lo contrario de lo que quiere decir, que es lo siguiente: «quiso mi desdicha (que)... mi amo... cerrando los agujeros del arca, cerrase la puerta a mi consuelo y la abriese a mis trabajos».   [37] *donos:* plural burlesco de *don.*   [38] *ternía:* tendría.   [39] *de yuso:* abajo.

no me debían de quitar el sueño los cuidados de el rey de Francia.[40]

Otro día fue por el señor mi amo visto el daño, así del pan como del agujero que yo había hecho, y comenzó a dar a los diablos los ratones y decir:

—¿Qué diremos a esto? ¡Nunca haber sentido ratones en esta casa sino agora!

Y sin dubda debía de decir verdad. Porque si casa había de haber en el reino justamente de ellos privilegiada, aquélla, de razón, había de ser, porque no suelen morar donde no hay qué comer. Torna a buscar clavos por la casa y por las paredes, y tablillas a atapárselos. Venida la noche y su reposo, luego era yo puesto en pie con mi aparejo, y cuantos él tapaba de día destapaba yo de noche.

En tal manera fue y tal priesa nos dimos, que sin dubda por esto se debió decir: «Donde una puerta se cierra, otra se abre.» Finalmente, parescíamos tener a destajo la tela de Penélope,[41] pues cuanto él tejía de día rompía yo de noche, ca[42] en pocos días y noches pusimos la pobre despensa de tal forma, que quien quisiera propiamente della hablar, más corazas viejas de otro tiempo que no arcaz la llamara, según la clavazón y tachuelas sobre sí tenía.

De que vio no le aprovechar nada su remedio, dijo:

—Este arcaz está tan maltratado, y es de madera tan vieja y flaca, que no habrá ratón a quien se defienda. Y va ya tal, que si andamos más con él nos dejará sin guarda. Y aun lo peor, que, aunque hace poca, todavía hará falta faltando y me pondrá en costa de tres o cuatro reales. El mejor remedio que hallo, pues el de hasta aquí no aprovecha: armaré por de dentro a estos ratones[43] malditos.

---

[40] Esta referencia es otra de las pruebas que se aducen para fechar el texto tempranamente, pues aludiría a la prisión de Francisco I en 1525, tras su derrota en Pavía. Aunque podría ser muy bien una frase proverbial, sin carácter probatorio alguno. [41] Penélope destejía de noche lo que tejía durante el día, con el fin de dar tiempo al regreso de su esposo Ulises de la guerra de Troya, porque había prometido a sus numerosos pretendientes elegir marido cuando terminara de tejer su tela. [42] *ca*: normalmente es conjunción causal ('porque'); aquí puede tener más bien carácter copulativo ('y'). [43] *armaré por de dentro a estos ratones*: prepararé dentro del arca un cepo para atrapar a los roedores.

Luego buscó prestada una ratonera, y con cortezas de queso que a los vecinos pedía, contino el gato[44] estaba armado dentro del arca. Lo cual era para mí singular auxilio, porque, puesto caso que yo no había menester muchas salsas para comer, todavía me holgaba con las cortezas del queso que de la ratonera sacaba, y, sin esto, no perdonaba el ratonar del bodigo.

Como hallase el pan ratonado y el queso comido y no cayese el ratón que lo comía, dábase al diablo, preguntaba a los vecinos qué podría ser comer el queso y sacarlo de la ratonera y no caer ni quedar dentro el ratón y hallar caída la trampilla del gato. Acordaron los vecinos no ser el ratón el que este daño hacía, porque no fuera menos de haber caído alguna vez. Díjole un vecino:

—En vuestra casa yo me acuerdo que solía andar una culebra, y ésta debe de ser sin dubda. Y lleva razón, que, como es larga, tiene lugar de tomar el cebo, y aunque la coja la trampilla encima, como no entre toda dentro, tórnase a salir.

Cuadró a todos lo que aquél dijo y alteró mucho a mi amo, y dende en adelante no dormía tan a sueño suelto, que cualquier gusano de la madera que de noche sonase pensaba ser la culebra que le roía el arca. Luego era puesto en pie, y con un garrote que a la cabecera, desde que aquello le dijeron, ponía, daba en la pecadora del arca grandes garrotazos, pensando espantar la culebra. A los vecinos despertaba con el estruendo que hacía y a mí no dejaba dormir. Íbase a mis pajas y trastornábalas, y a mí con ellas, pensando que se iba para mí y se envolvía en mis pajas o en mi sayo, porque le decían que de noche acaescía a estos animales, buscando calor, irse a las cunas donde están criaturas y aun mordellas y hacerles peligrar.

Yo las más veces hacía del dormido, y en la mañana decíame él:

—¿Esta noche, mozo, no sentiste nada? Pues tras la culebra anduve, y aun pienso se ha de ir para ti a la cama, que son muy frías y buscan calor.

—Plega a Dios que no me muerda —decía yo—, que harto miedo le tengo.

Desta manera andaba tan elevado y levantado del sueño, que,

---

[44] *gato :* cepo.

mi fe,[45] la culebra (o culebro, por mejor decir), no osaba roer de noche ni levantarse al arca; mas de día, mientra estaba en la iglesia o por el lugar, hacía mis saltos. Los cuales daños viendo él, y el poco remedio que les podía poner, andaba de noche, como digo, hecho trasgo.[46]

Yo hube miedo que con aquellas diligencias no me topase con la llave, que debajo de las pajas tenía, y parescióme lo más seguro metella de noche en la boca. Porque ya, desde que viví con el ciego, la tenía tan hecha bolsa, que me acaesció tener en ella doce o quince maravedís, todo en medias blancas, sin que me estorbasen el comer, porque de otra manera no era señor de una blanca, que el maldito ciego no cayese con ella, no dejando costura ni remiendo que no me buscaba muy a menudo.

Pues, ansí como digo, metía cada noche la llave en la boca y dormía sin recelo que el brujo de mi amo cayese con ella; mas cuando la desdicha ha de venir, por demás es diligencia. Quisieron mis hados, o, por mejor decir, mis pecados, que una noche que estaba durmiendo, la llave se me puso en la boca, que abierta debía tener, de tal manera y postura, que el aire y resoplo que yo durmiendo echaba salía por lo hueco de la llave, que de cañuto era, y silbaba, según mi desastre quiso, muy recio, de tal manera, que el sobresaltado de mi amo lo oyó, y creyó sin duda ser el silbo de la culebra, y cierto lo debía parescer.

Levantóse muy paso con su garrote en la mano, y al tiento y sonido de la culebra se llegó a mí con mucha quietud por no ser sentido de la culebra. Y como cerca se vio, pensó que allí, en las pajas do yo estaba echado, al calor mío se había venido. Levantando bien el palo, pensando tenerla debajo y darle tal garrotazo que la matase, con toda su fuerza me descargó en la cabeza un tan gran golpe, que sin ningún sentido y muy mal descalabrado me dejó. Como sintió que me había dado, según yo debía hacer gran sentimiento con el fiero golpe, contaba él que se había llegado a mí y, dándome grandes voces, llamándome, procuró recordarme.[47] Mas, como me tocase con las manos, tentó la mucha sangre que se me iba, y conosció el daño que me había hecho. Y con mucha

---

[45] *mi fe:* a fe mía.   [46] *trasgo:* duende.   [47] *recordarme:* despertarme.

priesa fue a buscar lumbre, y llegando con ella, hallóme quejando, todavía con mi llave en la boca, que nunca la desamparé, la mitad fuera, bien de aquella manera que debía estar al tiempo que silbaba con ella.

Espantado el matador de culebras qué podría ser aquella llave, miróla, sacándomela del todo de la boca, y vio lo que era, porque en las guardas[48] nada de la suya diferenciaba. Fue luego a proballa, y con ella probó el maleficio. Debió de decir el cruel cazador: «El ratón y culebra que me daban guerra y me comían mi hacienda he hallado.»

De lo que sucedió en aquellos tres días siguientes ninguna fe daré, porque los tuve en el vientre de la ballena,[49] más de cómo esto que he contado oí, después que en mí torné, decir a mi amo, el cual, a cuantos allí venían lo contaba por extenso.

A cabo de tres días yo torné en mi sentido, y vime echado en mis pajas, la cabeza toda emplastada y llena de aceites y ungüentos, y espantado dije:

— ¿Qué es esto?

Respondióme el cruel sacerdote:

—A fe que los ratones y culebras que me destruían ya los he cazado.

Y miré por mí, y vime tan maltratado, que luego sospeché mi mal.

A esta hora entró una vieja que ensalmaba,[50] y los vecinos. Y comiénzanme a quitar trapos de la cabeza y curar el garrotazo. Y como me hallaron vuelto en mi sentido, holgáronse mucho, y dijeron:

—Pues ha tornado en su acuerdo, placerá a Dios no será nada.

Ahí tornaron de nuevo a contar mis cuitas y a reírlas, y yo, pecador, a llorarlas. Con todo esto, diéronme de comer, que estaba transido de hambre, y apenas me pudieron demediar. Y ansí, de

---

[48] *guardas:* muescas de una llave que caracterizan a ésta y la hacen apta para abrir o cerrar una determinada cerradura.   [49] Comparación con los tres días que Jonás pasó en el vientre de la ballena, para resaltar su absoluta «oscuridad», física y psíquica, durante ese tiempo.   [50] *ensalmaba:* curaba mediante *ensalmos*; esto es, por medio de oraciones, hechicerías y supuestas fórmulas mágicas.

poco en poco, a los quince días me levanté y estuve sin peligro (mas no sin hambre) y medio sano.

Luego otro día que fui levantado, el señor mi amo me tomó por la mano y sacóme la puerta fuera, y puesto en la calle, díjome:

—Lázaro, de hoy más eres tuyo y no mío. Busca amo y vete con Dios, que yo no quiero en mi compañía tan diligente servidor. No es posible sino que hayas sido mozo de ciego.

Y santiguándose de mí, como si yo estuviera endemoniado, tórnase a meter en casa y cierra su puerta.

TRATADO TERCERO

CÓMO LÁZARO SE ASENTÓ CON UN ESCUDERO
Y DE LO QUE LE ACAESCIÓ CON ÉL

Desta manera me fue forzado sacar fuerzas de flaqueza, y poco a poco, con ayuda de las buenas gentes, di comigo en esta insigne ciudad de Toledo, adonde, con la merced de Dios, dende a quince días se me cerró la herida. Y mientras estaba malo, siempre me daban alguna limosna,[16] mas después que estuve sano, todos me decían:

—Tú, bellaco y gallofero[1] eres. Busca, busca un amo a quien sirvas.

— ¿Y dónde se hallará ése —decía yo entre mí—, si Dios agora de nuevo, como crió[2] el mundo, no le criase?

---

[1] *gallofero:* holgazán que vive de la *gallofa* o pan que le dan en los conventos.
[2] *crió:* creó. [3] A mediados del siglo XVI el escudero dista mucho del medieval: ya no es el hidalgo joven que sirve a un caballero, llevando el escudo y la lanza de éste, mientras realiza su propio aprendizaje, a la espera de ser él mismo armado caballero.

〰〰〰〰〰〰〰〰〰〰〰〰〰〰〰〰〰〰〰〰〰〰〰〰〰〰〰〰〰〰〰〰〰〰〰〰

(16) Nótese que Lazarillo no ha dejado, hasta ahora, de ser un mendigo, pues sigue pidiendo limosna, y cuando no lo hace, porque sirve a un amo, de hecho presta sus servicios sólo por la comida y la cama (míseras ambas, por cierto), lo cual no es más que otra variante de la mendicidad. Desde este momento inaugural, el pauperismo será siempre uno de los rasgos fundamentales de los pícaros literarios, todos, en mayor o menor medida, durante más o menos tiempo, pobres vergonzantes.

Andando así discurriendo de puerta en puerta, con harto poco remedio (porque ya la caridad se subió al cielo),[17] topóme Dios con un escudero[3] que iba por la calle, con razonable vestido, bien peinado, su paso y compás en orden. Miróme, y yo a él, y díjome:

—Mochacho, ¿buscas amo?

Yo le dije:

—Sí, señor.

—Pues vente tras mí —me respondió—, que Dios te ha hecho merced en topar comigo; alguna buena oración rezaste hoy.

Y seguíle, dando gracias a Dios por lo que le oí, y también que me parescía, según su hábito y continente,[4] ser el que yo había menester.

Era de mañana cuando este mi tercero amo topé; y llevóme tras sí gran parte de la ciudad. Pasábamos por las plazas do se vendía pan y otras provisiones. Yo pensaba (y aun deseaba) que allí me quería cargar de lo que se vendía, porque ésta era propria hora, cuando se suele proveer de lo necesario; más muy a tendido paso pasaba por estas cosas.

«Por ventura no lo vee aquí a su contento —decía yo—, y querrá que lo compremos en otro cabo.»[5]

Desta manera anduvimos hasta que dio las once. Entonces se entró en la iglesia mayor, y yo tras él, y muy devotamente le vi oír misa[18] y los otros oficios divinos, hasta que todo fue acabado y la

---

De este prestigioso tipo social sólo conserva el ser hijo de caballero, su común hidalguía; porque hay tantos hidalgos hacia 1500, que con frecuencia no se ven los límites precisos entre estos y los pecheros, y las diferencias son a menudo puramente formales, meras apariencias externas. Ello explica que se puedan confundir, y se confundan de hecho, hidalgos y burgueses, e incluso (a causa de la pobreza de muchos de estos nobles), hidalgos y pícaros. La novela picaresca no desaprovechará este fenómeno histórico-social. La ocupación principal de los escuderos es, por estas fechas del quinientos, servir de mayordomos y acompañantes a caballeros de superior jerarquía y posición económica más holgada. [4] *continente:* porte. [5] *cabo:* sitio, parte.

(17) El pícaro dice que no hay caridad en la tierra, en el mundo. Esta afirmación, por lo que sucede después, es clave para interpretar adecuadamente el *Lazarillo*. Relaciónese con **12** y **25**.

(18) A. Castro interpretó esta frase de Lázaro como una prueba del carácter converso del autor, ya que el pícaro no dice que oyera él misa,

gente ida. Entonces salimos de la iglesia. A buen paso tendido
comenzamos a ir por una calle abajo. Yo iba el más alegre del
mundo en ver que no nos habíamos ocupado en buscar de comer.
Bien consideré que debía ser hombre, mi nuevo amo, que se
proveía en junto,[6] y que ya la comida estaría a punto y tal como
yo deseaba y aun la había menester.

En este tiempo dio el reloj la una, después de medio día, y
llegamos a una casa ante la cual mi amo se paró, y yo con él, y
derribando el cabo de la capa sobre el lado izquierdo, sacó una
llave de la manga, y abrió su puerta, y entramos en casa. La cual
tenía la entrada obscura y lóbrega de tal manera, que paresce que
ponía temor a los que en ella entraban, aunque dentro della estaba
un patio pequeño y razonables cámaras.

Desque fuimos entrados, quita de sobre sí su capa, y preguntando si tenía las manos limpias, la sacudimos y doblamos, y muy
limpiamente, soplando un poyo que allí estaba, la puso en él. Y
hecho esto, sentóse cabo della, preguntándome muy por extenso de
dónde era y cómo había venido a aquella ciudad. Y yo le di más
larga cuenta que quisiera, porque me parescía más conveniente
hora de mandar poner la mesa y escudillar la olla,[7] que de lo que
me pedía. Con todo eso, yo le satisfice de mi persona lo mejor que
mentir supe, diciendo mis bienes y callando lo demás, porque me
parescía no ser para en cámara.[8] Esto hecho, estuvo ansí un poco,
y yo luego vi mala señal, por ser ya casi las dos y no le ver más
aliento de comer que a un muerto.[(19)]

---

[6] *en junto:* al por mayor; de tarde en tarde, y no a diario.   [7] *escudillar la olla:*
servir el caldo en las *escudillas*, vasos pequeños y hondos en forma de escudos.   [8] *para
en cámara:* correcto, educado, cortés.

sino que vio oírla a su amo. Francisco Rico, sin embargo, no cree imprescindible tal interpretación, pues asegura que el narrador dice: «*le vi oír
misa...* para evocar no ya lo percibido por el protagonista, sino el mismo
acto de la percepción; y se aviene por entero con la lógica curiosidad de
Lázaro, que examina detenidamente a su nuevo amo».

(19) Hasta este momento, Lázaro no ha abrigado la más leve sospecha
acerca de la escasez alimenticia del escudero: engañado totalmente por el
aspecto externo del hidalgo (hábito, continente), ha pensado sin dudar que

Después desto, consideraba aquel tener cerrada la puerta con llave, ni sentir arriba ni abajo pasos de viva persona por la casa. Todo lo que yo había visto eran paredes, sin ver en ella silleta, ni tajo,[9] ni banco, ni mesa, ni aun tal arcaz como el de marras. Finalmente, ella parescía casa encantada. Estando así, díjome:

—Tú, mozo, ¿has comido?

—No, señor —dije yo—, que aún no eran dadas las ocho cuando con Vuestra Merced encontré.

—Pues, aunque de mañana, yo había almorzado, y cuando ansí como algo, hágote saber que hasta la noche me estoy ansí. Por eso, pásate como pudieres, que después cenaremos.

Vuestra Merced crea, cuando esto le oí, que estuve en poco de caer de mi estado,[10] no tanto de hambre como por conoscer de todo en todo la fortuna serme adversa. Allí se me representaron de nuevo mis fatigas y torné a llorar mis trabajos; allí se me vino a la memoria la consideración que hacía cuando me pensaba ir del clérigo, diciendo que, aunque aquel era desventurado y mísero, por ventura toparía con otro peor;[(20)] finalmente, allí lloré mi trabajosa vida pasada y mi cercana muerte venidera. Y con todo, disimulando lo mejor que pude, le dije:

—Señor, mozo soy que no me fatigo mucho por comer, bendito Dios: deso me podré yo alabar entre todos mis iguales por de mejor garganta,[11] y ansí fui yo loado della fasta hoy día de los amos que yo he tenido.

---

[9] *tajo:* pedazo de madera grueso y ancho que sirve para picar y partir la carne. [10] *caer de mi estado:* desmayarme. [11] *de mejor garganta:* menos goloso.

tenía alimentos en su casa. Lo genial, además de la impecable factura, es que la coherencia del punto de vista único sobre la realidad —que comporta la narración en forma autobiográfica— hace que no sólo se engañe el pícaro, sino también, y simultáneamente, el lector, y ello sin que la realidad sea alterada en lo más mínimo. La realidad es, pues, falaz, merced al perspectivismo del pícaro-narrador; sin embargo, una vez que él y nosotros conocemos el engaño, es concretamente la realidad de la nobleza y de la honra la que se muestra como una mera ficción de superficialidad y de elementos externos carentes de verdadero sentido (vestido, porte...).

(20) Véanse **12** y **13**. Imbricación estructural graduada y descendente.

—Virtud es ésa —dijo él—, y por eso te querré yo más: porque el hartar es de los puercos, y el comer regladamente es de los hombres de bien.

«¡Bien te he entendido!», dije yo entre mí. «¡Maldita tanta medicina y bondad como aquestos mis amos que yo hallo hallan en la hambre!»

Púseme a un cabo del portal, y saqué unos pedazos de pan del seno, que me habían quedado de los de por Dios.[12] Él, que vio esto, díjome:

—Ven acá, mozo. ¿Qué comes?

Yo lleguéme a él y mostréle el pan. Tomóme él un pedazo, de tres que eran, el mejor y más grande, y díjome:

—Por mi vida, que paresce éste buen pan.

—¡Y cómo agora —dije yo—, señor, es bueno!

—Sí, a fe —dijo él—. ¿Adónde lo hubiste? ¿Si es amasado de manos limpias?

—No sé yo eso —le dije—; mas a mí no me pone asco el sabor dello.

—Así plega a Dios —dijo el pobre de mi amo.

Y llevándolo a la boca, comenzó a dar en él tan fieros bocados como yo en lo otro.

—Sabrosísimo pan está —dijo—, por Dios.

Y como le sentí de qué pie coxqueaba,[13] dime priesa, porque le vi en disposición, si acababa antes que yo, se comediría[14] a ayudarme a lo que me quedase. Y con esto acabamos casi a una. Y mi amo comenzó a sacudir con las manos unas pocas de migajas, y bien menudas, que en los pechos se le habían quedado. Y entró en una camareta[15] que allí estaba, y sacó un jarro desbocado y no muy nuevo, y desque hubo bebido, convidóme con él. Yo, por hacer del continente, dije:

—Señor, no bebo vino.

—Agua es —me respondió—; bien puedes beber.

Entonces tomé el jarro y bebí. No mucho, porque de sed no era mi congoja.

---

[12] *de los de por Dios:* de los pedidos por (amor de) Dios, es decir, de los obtenidos mendigando, como limosna. [13] *coxqueaba:* cojeaba. [14] *se comediría:* se anticiparía sin que se lo pidiese. [15] *camareta:* alcoba pequeña.

Ansí estuvimos hasta la noche, hablando en cosas que me preguntaba, a las cuales yo le respondí lo mejor que supe. En este tiempo metióme en la cámara donde estaba el jarro de que bebimos y díjome:

—Mozo, párate allí, y verás cómo hacemos esta cama, para que la sepas hacer de aquí adelante.

Púseme de un cabo y él del otro, y hecimos la negra cama, en la cual no había mucho que hacer, porque ella tenía sobre unos bancos un cañizo, sobre el cual estaba tendida la ropa,[16] que por no estar muy continuada a lavarse, no parescía colchón, aunque servía dél, con harta menos lana que era menester. Aquél tendimos, haciendo cuenta de ablandalle; lo cual era imposible, porque de lo duro mal se puede hacer blando. El diablo del enjalma[17] maldita la cosa tenía dentro de sí, que, puesto sobre el cañizo, todas las cañas se señalaban, y parescían a lo proprio entrecuesto[18] de flaquísimo puerco. Y sobre aquel hambriento colchón, un alfamar[19] del mesmo jaez, del cual el color yo no pude alcanzar.

Hecha la cama y la noche venida, díjome:

—Lázaro, ya es tarde, y de aquí a la plaza hay gran trecho. También en esta ciudad andan muchos ladrones, que, siendo de noche, capean.[20] Pasemos como podamos y mañana, venido el día, Dios hará merced; porque yo, por estar solo, no estoy proveído, antes, he comido estos días por allá fuera; mas agora hacerlo hemos de otra manera.

—Señor, de mí —dije yo— ninguna pena tenga Vuestra Merced, que bien sé pasar una noche y aun más, si es menester, sin comer.

—Vivirás más y más sano —me respondió—, porque, como decíamos hoy, no hay tal cosa en el mundo para vivir mucho, que comer poco.

«Si por esa vía es —dije entre mí—, nunca yo moriré, que siempre he guardado esa regla por fuerza, y aun espero, en mi desdicha, tenella toda mi vida.»

---

[16] *ropa:* colchón. [17] *enjalma:* colchón. [18] *entrecuesto:* espinazo. [19] *alfamar:* «una cierta manera de manta» (Covarrubias). [20] *capean:* hurtan capas.

Y acostóse en la cama, poniendo por cabecera las calzas[21] y el jubón.[22] Y mandóme echar a sus pies, lo cual yo hice. Mas maldito el sueño que yo dormí, porque las cañas y mis salidos huesos en toda la noche dejaron de rifar[23] y encenderse,[24] que con mis trabajos, males y hambre pienso que en mi cuerpo no había libra de carne, y también como aquel día no había comido casi nada, rabiaba de hambre, la cual con el sueño no tenía amistad. Maldíjeme mil veces (Dios me lo perdone), y a mi ruin fortuna, allí lo más de la noche, y lo peor, no osándome revolver por no despertalle, pedí a Dios muchas veces la muerte.

La mañana venida levantámonos, y comienza a limpiar y sacudir sus calzas y jubón, y sayo y capa. Y yo que le servía de pelillo.[25] Y vísteseme muy a su placer, de espacio. Echéle aguamanos,[26] peinóse, y puso su espada en el talabarte,[27] y al tiempo que la ponía díjome:

— ¡Oh, si supieses, mozo, qué pieza es ésta! No hay marco de oro[28] en el mundo porque yo la diese; mas ansí, ninguna de cuantas Antonio[29] hizo, no acertó a ponelle los aceros tan prestos como ésta los tiene.

Y sacóla de la vaina y tentóla con los dedos, diciendo:

—Vesla aquí. Yo me obligo con ella a cercenar un copo de lana.

Y yo dije entre mí: «Y yo con mis dientes, aunque no son de acero, un pan de cuatro libras.»

Tornóla a meter y ciñósela, y un sartal[30] de cuentas gruesas del talabarte. Y con un paso sosegado y el cuerpo derecho, haciendo con él y con la cabeza muy gentiles meneos, echando el cabo de la

---

[21] *calzas:* los calzones angostos, que se atacaban —ataban— con muchas agujetas por la cintura. Véase nota 4 del Tratado II.   [22] *jubón:* vestido de medio cuerpo arriba, ceñido y ajustado al cuerpo, con faldillas cortas, que se ataca por lo regular con los calzones —o calzas—.   [23] *rifar:* reñir o contender con alguno.   [24] *encenderse:* enojarse mucho.   [25] *le servía de pelillo:* le hacía servicios de poca importancia.   [26] *aguamanos:* agua para lavar las manos que se echaba con el *aguamanil.*   [27] *talabarte:* correa o cinturón, generalmente de cuero, que lleva pendientes los tiros de que cuelga la espada o sable.   [28] *marco de oro:* media libra de oro, que equivalía a unos 2.400 maravedís.   [29] *Antonio:* artífice famoso de la espada del Rey Católico y de la atribuida a Garcilaso.   [30] *sartal:* rosario.

capa sobre el hombro y a veces so[31] el brazo, y poniendo la mano derecha en el costado,[21] salió por la puerta, diciendo:

—Lázaro, mira por la casa en tanto que voy a oír misa, y haz la cama, y ve por la vasija de agua al río, que aquí bajo está; y cierra la puerta con llave, no nos hurten algo,[22] y ponla aquí al quicio, porque, si yo viniere en tanto, pueda entrar.

Y súbese por la calle arriba con tal gentil semblante y continente, que quien no le conosciera pensara ser muy cercano pariente al conde de Arcos, o, a lo menos, camarero que le daba de vestir.

«¡Bendito seáis Vos, Señor —quedé yo diciendo— que dais la enfermedad, y ponéis el remedio! ¿Quién encontrará a aquel mi señor que no piense, según el contento de sí lleva, haber anoche bien cenado y dormido en buena cama, y aunque agora es de mañana, no le cuenten por muy bien almorzado? ¡Grandes secretos son, Señor, los que Vos hacéis y las gentes ignoran! ¿A quién no engañará aquella buena disposición y razonable capa y sayo? ¿Y quién pensara que aquel gentil hombre se pasó ayer todo el día sin comer, con aquel mendrugo de pan, que su criado Lázaro trujo[32] un día y una noche en el arca de su seno, do no se le podía pegar mucha limpieza, y hoy, lavándose las manos y cara, a falta de paño de manos se hacía servir de la halda[33] del sayo? Nadie por cierto lo sospechara. ¡Oh, Señor, y cuántos de aquéstos debéis Vos tener por el mundo derramados, que padescen por la negra que llaman honra, lo que por Vos no sufrirán!»[23]

---

[31] *so:* debajo.   [32] *trujo:* trajo.   [33] *halda:* falda.

(21) Nótese en qué reside la honra del escudero: puras apariencias vacías, «gentiles meneos», aspecto distinguido..., todo superficial, huero, carente de realidad. El pícaro no echará en saco roto esta lección sobre el honor, y actuará en consecuencia, fingiendo sólo su apariencia externa —lo que le han enseñado— en el nuclear «caso» que da fin a su autobiografía.

(22) La ironía no puede ser mayor. El episodio, además, está henchido de sabias utilizaciones de este recurso literario.

(23) La importancia de esta digresión es considerable, pues: *a*) por una parte, Lazarillo ve al hidalgo como a uno más entre otros semejantes, como a un personaje-tipo representante de su grupo social («cuántos de aquestos...»), y no como a un individuo particularizado. Y *b*) por otra parte,

Ansí estaba yo a la puerta, mirando y considerando estas cosas y otras muchas, hasta que el señor mi amo traspuso la larga y angosta calle. Y como lo vi trasponer, tornéme a entrar en casa, y en un credo la anduve toda, alto y bajo, sin hacer represa,[34] ni hallar en qué. Hago la negra dura cama, y tomo el jarro, y doy comigo en el río, donde en una huerta vi a mi amo en gran recuesta[35] con dos rebozadas[36] mujeres, al parescer de las que en aquel lugar no hacen falta,[37] antes muchas tienen por estilo de irse a las mañanicas del verano a refrescar y almorzar, sin llevar qué, por aquellas frescas riberas, con confianza que no ha de faltar quien se lo dé, según las tienen puestas en esta costumbre aquellos hidalgos del lugar.

Y como digo, él estaba entre ellas hecho un Macías,[38] diciéndo-

---

[34] *represa:* detención de una cosa. Luego, *sin hacer represa:* sin detenerme.   [35] *recuesta:* requerimiento de amores.   [36] *rebozadas:* con la cara tapada por el rebozo. *Rebozo:* una toca para cubrirse el rostro.   [37] *no hacen falta:* no faltan.   [38] Macías, denominado «el enamorado», fue un trovador gallego del siglo XIV que, según la leyenda, murió alanceado por el esposo de su amada, al no aceptar jamás presión alguna que le hiciera desistir de su amor. Es prototipo de amantes constantes y leales.

establece una vinculación directa entre honor y religión; entre padecimientos por «la negra que llaman honra» y sacrificios por Dios («lo que por Vos no sufrirán»). El hecho de que penen por la honra lo que no penarían por Dios bien puede deberse a una intencionalidad crítica de carácter erasmista, que dirige sus dardos contra el escudero y sus congéneres, puesto que esos nobles consideran la honra como un verdadero *ídolo* religioso al que ofrecen más sacrificios que a Dios mismo. No debemos olvidar que Juan de Valdés, destacado discípulo de Erasmo, decía en su *Diálogo de Doctrina Christiana* que: «hay... dos maneras de idolatría, una es exterior y otra *interior*. La exterior es adorar un madero, una piedra, un animal..., la *interior*... es cuando el hombre... deja de adorar exteriormente estas criaturas, pero en lo interior tiene puesto su amor y su confianza en ellas. Poca santidad es, a la verdad, no hincar las rodillas a las *honras*, ni a las riquezas, ni a otras criaturas, si por otra parte les ofrecemos nuestros corazones... que esto no es otra cosa sino adorar a Dios con la carne... y *adorar interiormente* a la criatura con el espíritu». Tampoco estaría fuera de lugar recordar, a este propósito, que Alejo Venegas, en su *Primera parte de las diferencias de libros que hay en el universo*, dice que «el mayor triunfo de la razón es vencer al *ídolo mayor*, que en castellano se dice *qué dirán*».

les más dulzuras que Ovidio escribió.[39] Pero, como sintieron dél que estaba bien enternecido, no se les hizo de vergüenza pedirle de almorzar con el acostumbrado pago.

Él, sintiéndose tan frío de bolsa cuanto estaba caliente del estómago, tomóle tal calofrío, que le robó la color del gesto, y comenzó a turbarse en la plática y a poner excusas no válidas.

Ellas, que debían ser bien instituidas,[40] como le sintieron la enfermedad, dejáronle para el que era.[41]

Yo, que estaba comiendo ciertos tronchos de berzas, con los cuales me desayuné, con mucha diligencia, como mozo nuevo, sin ser visto de mi amo, torné a casa, de la cual pensé barrer alguna parte, que era bien menester; mas no hallé con qué. Púseme a pensar qué haría, y parescióme esperar a mi amo hasta que el día demediase, y si viniese y por ventura trajese algo que comiésemos; mas en vano fue mi experiencia.

Desque vi ser las dos y no venía y la hambre me aquejaba, cierro mi puerta y pongo la llave do mandó y tórnome a mi menester.[42] Con baja y enferma voz y inclinadas mis manos en los senos, puesto Dios ante mis ojos y la lengua en su nombre, comienzo a pedir pan por las puertas y casas más grandes que me parecía. Mas como yo este oficio le hobiese mamado en la leche (quiero decir que con el gran maestro el ciego lo aprendí), tan suficiente discípulo salí, que aunque en este pueblo no había caridad ni el año fuese muy abundante, tan buena maña me di, que antes que el reloj diese las cuatro ya yo tenía otras tantas libras de pan ensiladas[43] en

---

[39] Es obvio que las obras eróticas de Ovidio *(Ars Amatoria, Amores, Remedia Amoris)*, especialmente la primera, no sólo contienen ternezas y formas de acceso a la conquista de la mujer y al mantenimiento prolongado de su amor —y viceversa: consejos dedicados a la mujer—, sino que también están preñadas de obscenidades y descripciones lúbricas, por lo que podría interpretarse *dulzuras* en el sentido de 'vestiduras galanas de proposiciones deshonestas', interpretación avalada por la evidente calidad «non sancta» de las mujercillas.   [40] *instituidas:* enseñadas.   [41] A Blecua explica así la frase: «Ellas, que habían estudiado bien el oficio de médico amoroso, le conocieron la enfermedad —la pobreza— y le dejaron para que le curase el médico a quien correspondía sanar esta enfermedad, y no la de la pasión amorosa.»   [42] *tórnome a mi menester:* es parte de un conocido refrán que tiene diversas variantes, como «zapatero solía ser, tornéme a mi menester», «buñolero solía ser, tornéme a mi menester», etc. Con su inclusión, Lázaro quiere decir que vuelve a pordiosear.   [43] *ensiladas: ensilar* es 'meter en el silo' (aquí el cuerpo) y también 'comer mucho'.

el cuerpo, y más de otras dos en las mangas y senos. Volvíme a la posada, y al pasar por la Tripería pedí a una de aquellas mujeres, y dióme un pedazo de uña de vaca con otras pocas de tripas cocidas.

Cuando llegué a casa, ya el bueno de mi amo estaba en ella, doblada su capa y puesta en el poyo, y él paseándose por el patio. Como entré, vínose para mí. Pensé que me quería reñir la tardanza, mas mejor lo hizo Dios. Preguntóme dó⁴⁴ venía. Yo le dije:

—Señor, hasta que dio las dos estuve aquí, y de que vi que Vuestra Merced no venía, fuime por esa ciudad a encomendarme a las buenas gentes, y hanme dado esto que veis.

Mostréle el pan y las tripas, que en un cabo de la halda traía, a la cual él mostró buen semblante, y dijo:

—Pues esperado te he a comer, y de que vi que no veniste, comí. Mas tú haces como hombre de bien en eso, que más vale pedillo por Dios que no hurtallo. Y ansí Él me ayude como ello me paresce bien, y solamente te encomiendo no sepan que vives comigo, por lo que toca a mi honra;⁽²⁴⁾ aunque bien creo que será secreto, según lo poco que en este pueblo soy conoscido. ¡Nunca a él yo hubiera de venir!

—De eso pierda, señor, cuidado —le dije yo—, que maldito aquel que ninguno tiene de pedirme esa cuenta, ni yo de dalla.

—Agora, pues, come, pecador, que si a Dios place, presto nos veremos sin necesidad. Aunque te digo que después que en esta casa entré, nunca bien me ha ido. Debe ser de mal suelo, que hay casas desdichadas y de mal pie, que a los que viven en ellas pegan

---

⁴⁴ *dó:* de dónde.

(24) Obsérvese que la honra, para el escudero, es un concepto exclusivamente social, dependiente por entero de la opinión de los demás, de que la posible ofensa, agravio, deshonra, etc., se conozcan o no, de que se guarde o no el secreto; y en absoluto es un valor moral, ni individual, ni intrínseco a la persona. Es decir, que la honra aparece básicamente como una falsa apariencia ante la sociedad, como una simulación, como una máscara. Relaciónese esta «enseñanza» con el reiterativo «caso» final.

la desdicha. Esta debe de ser, sin dubda, dellas; mas yo te prometo, acabado el mes no quede en ella, aunque me la den por mía.

Sentéme al cabo del poyo, y porque no me tuviese por glotón, callé la merienda. Y comienzo a cenar y morder en mis tripas y pan, y, disimuladamente, miraba al desventurado señor mío, que no partía[45] sus ojos de mis faldas, que aquella sazón servían de plato. Tanta lástima haya Dios de mí como yo había dél,[25] porque sentí lo que sentía, y muchas veces había por ello pasado y pasaba cada día. Pensaba si sería bien comedirme a convidalle; mas, por me haber dicho que había comido, temíame no aceptaría el convite. Finalmente, yo deseaba aquel pecador ayudase a su trabajo del mío,[46] y se desayunase como el día antes hizo, pues había mejor aparejo, por ser mejor la vianda y menos mi hambre.

Quiso Dios cumplir mi deseo, y aun pienso que el suyo, porque, como comencé a comer y él se andaba paseando, llegóse a mí y díjome:

—Dígote, Lázaro, que tienes en comer la mejor gracia que en mi vida vi a hombre, y que nadie te lo verá hacer que no le pongas gana aunque no la tenga.

«La muy buena que tú tienes —dije yo entre mí— te hace parescer la mía hermosa.»

Con todo, paresciome ayudarle, pues se ayudaba y me abría camino para ello, y díjele:

—Señor, el buen aparejo hace buen artífice. Este pan está sabrosísimo, y esta uña de vaca tan bien cocida y sazonada, que no habrá a quién no convide con su sabor.

—¿Uña de vaca es?

—Sí, señor.

—Dígote que es el mejor bocado del mundo, y que no hay faisán que ansí me sepa.

---

[45] *partía:* apartaba.   [46] Zeugma dilógico por el cual el término *trabajo*, que aparece con la acepción de 'necesidad' o 'hambre', referido al escudero, se sobreentiende en *mío* con el significado diferente de 'fruto del esfuerzo mendicante'.

(25) Así pues, *la caridad no se subió al cielo*, ya que Lazarillo mismo la ejerce. ¿Por qué el pícaro pobre es caritativo, y los demás seres ricos de su autobiografía no lo son? Véanse **12, 17** y **29.**

—Pues pruebe, señor, y verá qué tal está.

Póngole en las uñas la otra[47] y tres o cuatro raciones de pan de lo más blanco, y asentóseme al lado y comienza a comer como aquel que lo había gana, royendo cada huesecillo de aquéllos mejor que un galgo suyo lo hiciera.

—Con almodrote[48] —decía— es este singular manjar.

«Con mejor salsa lo comes tú», respondí yo paso.

—Por Dios, que me ha sabido como si hoy no hobiera comido bocado.

«¡Ansí me vengan los buenos años como es ello!», dije yo entre mí.

Pidióme el jarro del agua y díselo como lo había traído. Es señal, que pues no le faltaba el agua, que no le había a mi amo sobrado la comida. Bebimos, y muy contentos nos fuimos a dormir, como la noche pasada.

Y por evitar prolijidad, desta manera estuvimos ocho o diez días, yéndose el pecador en la mañana con aquel contento y paso contado a papar aire[49] por las calles, teniendo en el pobre Lázaro una cabeza de lobo.[50]

Contemplaba yo muchas veces mi desastre, que escapando de los amos ruines que había tenido, y buscando mejoría, viniese a topar con quien no sólo no me mantuviese, mas a quien yo había de mantener. Con todo, le quería bien, con ver que no tenía ni podía más. Y antes le había lástima que enemistad. Y muchas veces, por llevar a la posada con que él lo pasase,[51] yo lo pasaba mal.

Porque una mañana, levantándose el triste en camisa, subió a lo alto de la casa a hacer sus menesteres, y en tanto yo, por salir de sospecha, desenvolvile el jubón y las calzas, que a la cabecera dejó, y hallé una bolsilla de terciopelo raso, hecho cien dobleces y sin maldita la blanca ni señal que la hobiese tenido mucho tiempo.

«Este —decía yo— es pobre, y nadie da lo que no tiene; mas el

---

[47] Juega del vocablo, en nuevo zeugma dilógico, con las acepciones de *uña*, pues mientras en «*la otra*» se entiende 'la uña de vaca', «*en las uñas*» significa 'en las manos'. [48] *almodrote:* cierta salsa que se hace con aceite, ajos, queso y otras cosas. [49] *papar aire:* metafóricamente, vale estar embelesado, o sin hacer nada, o con la boca abierta. [50] *cabeza de lobo:* la ocasión que uno toma para aprovecharse. [51] *lo pasase:* comiese lo imprescindible —para *pasar* la vida—.

avariento ciego y el malaventurado mezquino clérigo, que, con dárselo Dios a ambos al uno de mano besada y al otro de lengua suelta,[52] me mataban de hambre, aquéllos es justo desamar, y aquéste de haber mancilla.»[53]

Dios es testigo que hoy día,[(26)] cuando topo con alguno de su hábito con aquel paso y pompa, le he lástima con pensar si padece lo que aquél le vi sufrir. Al cual, con toda su pobreza, holgaría de servir más que a los otros, por lo que he dicho. Sólo tenía dél un poco de descontento: que quisiera yo que no tuviera tanta presumpción, mas que abajara un poco su fantasía[54] con lo mucho que subía su necesidad. Mas, según me parece, es regla ya entre ellos[(27)] usada y guardada. Aunque no haya cornado de trueco,[55] ha de andar el birrete[56] en su lugar. El Señor lo remedie, que ya con este mal han de morir.

Pues, estando yo en tal estado, pasando la vida que digo, quiso mi mala fortuna, que de perseguirme no era satisfecha, que en aquella trabajada y vergonzosa vivienda[57] no durase. Y fue, como el año en esta tierra fuese estéril de pan,[58] acordaron el Ayuntamiento[59] que todos los pobres estranjeros se fuesen de la ciudad, con pregón que el que de allí adelante topasen fuese punido[60] con azotes. Y así ejecutando la ley, desde a cuatro días que el pregón se

---

[52] Es decir, que ambos vivían sin esfuerzo, el uno (el clérigo) de las ofrendas que le daban, tras besarle la mano; el otro (el ciego) de las oraciones que rezaba con su «lengua suelta». [53] *mancilla:* lástima. [54] *fantasía:* altivez. [55] *aunque no haya un cornado de trueco:* aunque no tengan un céntimo para dar cambio. Porque *cornado* era una moneda de ínfimo valor. [56] *birrete:* «vale bonete de color entre roja» (Covarrubias). A. Blecua cree con razón que la frase *ha de andar el birrete en su lugar* podría interpretarse como «saludará con el birrete sólo a aquellas personas que son superiores a él», lo que implica la anticipación de la anécdota que, más adelante, relata el escudero. [57] *vivienda:* manera de vivir. [58] *estéril de pan:* de muy mala cosecha; estéril de trigo. [59] *Ayuntamiento:* título que por especial concesión usaba el municipio toledano. [60] *punido:* castigado.

~~~~~~~~~~

(26) De nuevo escuchamos a Lázaro reflexionar desde el presente de narrador de sus memorias, y no a Lazarillo, desde su pasado de pícaro protagonista de las peripecias. Véase **6.**

(27) Otra vez la generalización tópica y crítica del escudero («entre ellos»). Véase **23.**

dio, vi llevar una procesión de pobres azotando[28] por las Cuatro Calles.[61] Lo cual me puso tan gran espanto, que nunca osé desmandarme a demandar.

Aquí viera, quien vello pudiera, la abstinencia de mi casa y la tristeza y silencio de los moradores, tanto, que nos acaesció estar dos o tres días sin comer bocado ni hablar palabra. A mí diéronme

---

[61] Lugar céntrico de Toledo, próximo a la catedral, justo donde termina la calle del Comercio, más conocida como «calle Ancha», que conduce desde ahí hasta la plaza de Zocodover.

(28) El *Lazarillo* se hace eco ahora de las leyes generales sobre la reforma de la mendicidad dadas por el Consejo Real en 1540, aunque no publicadas en pragmática hasta 1544, en las que se prohibía a los pobres que mendigaran fuera de sus lugares de origen, a no ser que hubieran sido examinados como tales mendigos auténticos por el cura en confesión, y llevaran las cédulas correspondientes de identificación. La ley dio lugar a una dura polémica entre Fray Domingo de Soto y Fray Juan Robles, en 1545, lo que demuestra que «el *Lazarillo* no es sólo posterior a esa polémica, sino que además se hace eco de ella en forma relativamente clara» (en palabras de Márquez Villanueva). Además de esa cuestión general, como ha demostrado Agustín Redondo, la novela registra un hecho concreto toledano: la escasa cosecha de trigo del año 1545, que dio lugar a graves problemas de alimentación, a causa de los cuales el ayuntamiento de la ciudad adoptó medidas excepcionales y ordenó el 21 de abril de 1546 que: «los pobres mendicantes que están en esta ciudad y vienen de fuera de ella enfermos... los *envíen a los hospitales*, y los que no estuvieren enfermos, y ellos se hacen tales, los *envíen* y lleven *a la cárcel* porque allí *los mandará castigar el señor corregidor*...» Y el día 2 de junio del mismo año: «mandaron que el señor alcalde mayor tenga cuidado de *mandar juntar todos los pobres... que andan por las iglesias y calles, y mandarles que no pidan, sino que estén recogidos*...». El *Lazarillo de Tormes* sería, pues, posterior a 1546, en cualquier caso. Reflexiónese, además, sobre la relación que pudiera existir entre estas leyes que enumeramos someramente y la cuestión de la caridad en la novela. ¿Cuál sería la postura del autor de la narración ante las reformas del pauperismo en la España del XVI? ¿Se mantiene al margen, o su despego indica que las reformas no sirven para nada, ya que la caridad es algo que únicamente es asunto de pobres, que sólo ellos la practican, mientras los ricos se inhíben?

la vida unas mujercillas hilanderas de algodón, que hacían bonetes y vivían par de nosotros, con las cuales yo tuve vecindad y conocimiento. Que de la laceria que les traía me daban alguna cosilla, con la cual muy pasado[62] me pasaba.[(29)]

Y no tenía tanta lástima de mí como del lastimado de mi amo, que en ocho días maldito el bocado que comió. A lo menos en casa, bien lo estuvimos sin comer. No sé yo cómo o dónde andaba y qué comía. ¡Y velle venir a mediodía la calle abajo, con estirado cuerpo, más largo que galgo de buena casta![63]

Y por lo que toca a su negra, que dicen, honra, tomaba una paja, de las que aun asaz no había en casa, y salía a la puerta escarbando los dientes que nada entre sí tenían,[64] quejándose toda vía[65] de aquel mal solar, diciendo:

—Malo está de ver, que la desdicha desta vivienda lo hace. Como ves, es lóbrega, triste, obscura. Mientras aquí estuviéremos, hemos de padecer. Ya deseo que se acabe este mes por salir della.

---

[62] Es decir, '*pasado* como fruta pasada, *me pasaba* la vida'.   [63] Se refiere a la tópica caracterización de hidalgos que demuestra el refrán «hidalgos y galgos, secos y cuellilargos».   [64] Anécdota muy difundida en la época para ridiculizar a los que aparentan honra. Es suficiente recordar el *Buscón* de Quevedo, donde un hidalgo esparce migas de pan por su barba con la misma intención aparencial que el escudero toledano.   [65] *toda vía*: siempre.

---

(29) Estas «mujercillas» son, sin duda, las únicas personas caritativas que Lázaro encuentra en su vida, lo cual demuestra que sólo los desheredados de la tierra —ellas y el pícaro— ejercen, curiosamente, la caridad en esta sociedad. ¿Qué hacen, en tanto, los religiosos? Además, estas hilanderas son algo más, otra cosa, porque significativamente el *Buscón* y *La Pícara Justina* llaman «mujercillas» y «mujercitas», respectivamente, a las prostitutas; y porque, como ha señalado F. Rico, «después de un explícito *vivían par de nosotros*, no era imprescindible aclarar: *con las cuales yo tuve vecindad y conocimiento*»; lo cual, unido a que son precisamente las hilanderas quienes llevan a Lázaro al servicio del ambiguo fraile mercedario, y sumado el negativo juicio final del pícaro sobre las toledanas (dice de su mujer: «que yo juraré sobre la hostia consagrada, que es tan buena mujer como vive dentro de las puertas de Toledo»), y la probable acepción de *conocimiento* como 'trato carnal', sugiere incuestionablemente que las relaciones del pícaro con las «mujercillas» o ramerillas eran algo más que caritativas, también eróticas. La magistral ironía del texto nos lleva a pensar así.

Pues, estando en esta afligida y hambrienta persecución, un día, no sé por cuál dicha o ventura, en el pobre poder de mi amo entró un real, con el cual él vino a casa tan ufano como si tuviera el tesoro de Venecia,[66] y con gesto muy alegre y risueño me lo dio, diciendo:

—Toma, Lázaro, que Dios ya va abriendo su mano. Ve a la plaza y merca pan y vino y carne: ¡quebremos el ojo al diablo![67] Y más te hago saber, porque te huelgues: que he alquilado otra casa, y en ésta desastrada no hemos de estar más de en cumpliendo el mes. ¡Maldita sea ella y el que en ella puso la primera teja, que con mal en ella entré! Por Nuestro Señor, cuanto ha que en ella vivo, gota de vino ni bocado de carne no he comido, ni he habido descanso ninguno; mas ¡tal vista tiene y tal obscuridad y tristeza! Ve y ven presto, y comamos hoy como condes.

Tomo mi real y jarro, y a los pies dándoles priesa, comienzo a subir mi calle, encaminando mis pasos para la plaza, muy contento y alegre. Mas ¿qué me aprovecha, si está constituido en mi triste fortuna que ningún gozo me venga sin zozobra? Y ansí fue éste. Porque yendo la calle arriba, echando mi cuenta en lo que le emplearía que fuese mejor y más provechosamente gastado, dando infinitas gracias a Dios que a mi amo había hecho con dinero, a deshora me vino al encuentro un muerto, que por la calle abajo muchos clérigos y gente en unas andas traían.

Arriméme a la pared por darles lugar, y desque el cuerpo pasó, venían luego a par del lecho una que debía ser mujer del difunto, cargada de luto, y con ella otras mujeres, la cual iba llorando a grandes voces y diciendo:

—Marido y señor mío: ¿adónde os me llevan? ¡A la casa triste y desdichada, a la casa lóbrega y obscura, a la casa donde nunca comen ni beben!

Yo, que aquello oí, juntóseme el cielo con la tierra y dije: «¡Oh, desdichado de mí! ¡Para mi casa llevan este muerto!».

---

[66] *tesoro de Venecia:* frase proverbial que significa 'tesoros muy grandes'. [67] *¡quebremos el ojo al diablo!:* 'cambiemos nuestra suerte', que es lo mismo que molestar (quebrar el ojo) al diablo, el enemigo del hombre, y ser felices o disfrutar, en vez de penar y sufrir como él quiere.

Dejo el camino que llevaba y hendí por medio de la gente, y vuelvo por la calle abajo, a todo el más correr que pude, para mi casa; y entrado en ella, cierro a grande priesa, invocando el auxilio y favor de mi amo, abrazándome dél, que me venga ayudar y a defender la entrada. El cual, algo alterado, pensando que fuese otra cosa, me dijo:

—¿Qué es eso, mozo? ¿Qué voces das? ¿Qué has? ¿Por qué cierras la puerta con tal furia?

—¡Oh, señor —dije yo—, acuda aquí, que nos traen acá un muerto!

—¿Cómo así? —respondió él.

—Aquí arriba lo encontré, y venía diciendo su mujer: «¡Marido y señor mío! ¿Adónde os llevan? ¡A la casa lóbrega y obscura, a la casa triste y desdichada, a la casa donde nunca comen ni beben!». Acá, señor, nos le traen.

Y, ciertamente, cuando mi amo esto oyó, aunque no tenía por qué estar muy risueño, rió tanto, que muy gran rato estuvo sin poder hablar. En este tiempo tenía ya yo echada la aldaba a la puerta y puesto el hombro en ella por más defensa. Pasó la gente con su muerto, y yo todavía me recelaba que nos le habían de meter en casa. Y desque fue ya más harto de reír que de comer el bueno de mi amo, díjome:

—Verdad es, Lázaro; según la viuda lo va diciendo, tú tuviste razón de pensar lo que pensaste; mas, pues Dios lo ha hecho mejor y pasan adelante, abre, abre y ve por de comer.

—Déjalos, señor, acaben de pasar la calle —dije yo.

Al fin vino mi amo a la puerta de la calle y ábrela esforzándome, que bien era menester, según el miedo y alteración, y me torno a encaminar. Mas, aunque comimos bien aquel día, maldito el gusto yo tomaba en ello. Ni en aquellos tres días torné en mi color. Y mi amo muy risueño todas las veces que se le acordaba aquella mi consideración.

De esta manera estuve con mi tercero y pobre amo, que fue este escudero, algunos días, y en todos deseando saber la intención de su venida y estada[68] en esta tierra, porque, desde el primer día

---

[68] *estada:* permanencia.

que con él asenté, le conoscí ser estranjero, por el poco conoscimiento y trato que con los naturales della tenía. Al fin se cumplió
mi deseo, y supe lo que deseaba, porque un día que habíamos
comido razonablemente y estaba algo contento, contóme su hacienda,[69] y díjome ser de Castilla la Vieja y que había dejado su
tierra no más de por no quitar el bonete[70] a un caballero su
vecino.

—Señor —dije yo—, si él era lo que decís y tenía más que vos,
¿no errábades en no quitárselo primero, pues decís que él también
os lo quitaba?

—Sí es, y sí tiene, y también me lo quitaba él a mí; mas, de
cuantas veces yo se le quitaba primero, no fuera malo comedirse él
alguna y ganarme por la mano.

—Parésceme, señor —le dije yo—, que en eso no mirara, mayormente con mis mayores que yo y que tienen más.

—Eres mochacho —me respondió— y no sientes las cosas de la
honra, en que el día de hoy está todo el caudal de los hombres de
bien. Pues te hago saber que yo soy, como vees, un escudero; mas,
¡vótote a Dios!, si al conde topo en la calle y no me quita muy
bien quitado del todo el bonete, que otra vez que venga me sepa
yo entrar en una casa, fingiendo yo en ella algún negocio, o
atravesar otra calle, si la hay, antes que llegue a mí, por no
quitárselo.[30] Que un hidalgo no debe a otro que a Dios y al rey
nada, ni es justo, siendo hombre de bien, se descuide un punto de

---

[69] *contóme su hacienda:* contóme su vida. Se trata de la parodia de una fórmula usual
en libros de caballerías, que los lectores contemporáneos entenderían inmediatamente. [70] *quitar el bonete:* 'saludar descubriéndose la cabeza'. La frase resultaba ambigua
ya en su época, como revela Melchor de Santa Cruz, en el siguiente chiste: «Pasando
un caballero cerca de un loco, dijeron al loco que le *quitase la gorra*. Llegóse el loco a él
y quitósela de la cabeza. Diciéndole que no había de hacer así, y enseñándole cómo
había de hacer, respondió: 'Eso sería quitármela yo a mí'.»

---

(30) El escudero ha abandonado su tierra «por no quitar el bonete a un
caballero, su vecino»; para que no le tengan en menos que a aquél. Y es
que su concepto del honor, a falta de bienes económicos que lo sustenten, se
cifra en meras superficialidades sin fondo, en puras formas vacías, como el
qué dirán. Relaciónese con **21, 23** y **24**.

tener en mucho su persona. Acuérdome que un día deshonré en mi tierra a un oficial,[71] y quise ponerle las manos, porque cada vez que le topaba, me decía: «Mantenga Dios a Vuestra Merced» «Vos, don villano ruin —le dije yo—, ¿por qué no sois bien criado? ¿Manténgaos Dios, me habéis de decir, como si fuese quienquiera?»[72] De allí adelante, de aquí acullá, me quitaba el bonete, y hablaba como debía.

—¿Y no es buena manera de saludar un hombre a otro —dije yo— decirle que le mantenga Dios?

—¡Mira mucho de enhoramala! —dijo él—. A los hombres de poca arte[73] dicen eso; mas a los más altos, como yo, no les han de hablar menos de: «Beso las manos de Vuestra merced», o por lo menos; «Bésoos, señor, las manos», si el que me habla es caballero. Y ansí, de aquel de mi tierra que me atestaba de mantenimiento nunca más le quise sufrir, ni sufriría, ni sufriré a hombre del mundo, de el rey abajo, que «Manténgaos Dios» me diga.

«Pecador de mí —dije yo—, por eso tiene tan poco cuidado de mantenerte,[74] pues no sufres que nadie se lo ruegue.»

—Mayormente —dijo— que no soy tan pobre que no tenga en mi tierra un solar de casas que, a estar ellas en pie y bien labradas, diez y seis leguas de donde nací, en aquella Costanilla de Valladolid,[75] valdrían más de docientas veces mil maravedís, según se podrían hacer grandes y buenas; y tengo un palomar, que a no estar derribado como está, daría cada año más de docientos palominos; y otras cosas que me callo, que dejé por lo que tocaba a mi honra. Y vine a esta ciudad pensando que hallaría un buen

---

[71] *oficial:* artesano.   [72] *Manténgaos Dios:* era una fórmula usual de saludo entre gente plebeya, de ahí la indignación del escudero. Fray Antonio de Guevara explica muy bien la anécdota, pues dice: «Acá, en esta nuestra Castilla, es cosa de espantar, y aun para se reír, las maneras y diversidades que tienen en se saludar... Unos dicen «Dios mantenga»; otros dicen «manténgaos Dios»; otros, «enhorabuena estéis», y otros «enhorabuena vais»; otros «Dios os guarde»... Todas estas maneras de saludar se usan solamente entre los aldeanos y plebeyos, y no entre los cortesanos y hombres polidos, porque si por malos de sus pecados dijese uno a otro en la Corte «Dios mantenga» o «Dios os guarde», se lastimarían en la honra y le darían una grita. El estilo de la Corte es decirse unos a otros «beso las manos a Vuestra Merced».   [73] *hombres de poca arte:* plebeyos.   [74] Juego de palabras entre *mantener* en la acepción de la fórmula salutatoria y en la de 'alimentar'.   [75] Calle principal de Valladolid.

asiento, mas no me ha sucedido como pensé. Canónigos y señores de la iglesia muchos hallo, mas es gente tan limitada,[76] que no los sacarán de su paso todo el mundo. Caballeros de media talla también me ruegan; mas servir con éstos es gran trabajo, porque de hombre os habéis de convertir en malilla,[77] y si no, «Andá con Dios» os dicen. Y las más veces son los pagamentos a largos plazos, y las más y las más ciertas comido por servido. Ya cuando quieren reformar consciencia y satisfaceros vuestros sudores, sois librados,[78] en la recámara, en un sudado jubón, o raída capa o sayo. Ya cuando asienta un hombre con un señor de título, todavía pasa su laceria. ¿Pues, por ventura, no hay en mí habilidad para servir y contentar a éstos? Por Dios, si con él topase, muy gran su privado pienso que fuese, y que mil servicios le hiciese, porque yo sabría mentille tan bien como otro, y agradalle a las mil maravillas; reille ya mucho sus donaires y costumbres, aunque no fuesen las mejores del mundo; nunca decirle cosa con que le pesase, aunque mucho le cumpliese; ser muy diligente en su persona, en dicho y hecho; no me matar por no hacer bien las cosas que él no había de ver; y ponerme a reñir donde lo oyese con la gente de servicio, porque pareciese tener gran cuidado de lo que a él tocaba. Si riñese con algún su criado, dar unos puntillos agudos para le encender la ira, y que pareciesen en favor de el culpado; decirle bien de lo que bien le estuviese, y, por el contrario, ser malicioso mofador, malsinar[79] a los de casa y a los de fuera, pesquisar y procurar de saber vidas ajenas para contárselas, y otras muchas galas desta calidad, que hoy día se usan en palacio y a los señores dél parecen bien. Y no quieren ver en sus casas hombres virtuosos; antes los aborrescen y tienen en poco y llaman nescios, y que no son personas de negocios ni con quien el señor se puede descuidar, y con éstos los astutos usan, como digo, el día de hoy, de lo que yo usaría; mas no quiere mi ventura que le halle.[31]

---

[76] limitada: mezquina.   [77] *malilla:* criado para todas las funciones; porque *malilla* es el naipe que sirve de comodín y se adapta a las diversas situaciones del juego.   [78] *librados:* pagados.   [79] *malsinar:* delatar.

(31) Repárese en este largo discurso del escudero, porque en él se realiza una durísima crítica contra la nobleza hereditaria en general, dado que se

Desta manera lamentaba también su adversa fortuna mi amo, dándome relación de su persona valerosa.

Pues estando en esto, entró por la puerta un hombre y una vieja. El hombre le pide el alquiler de la casa y la vieja el de la cama. Hacen cuenta, y de dos en dos meses le alcanzaron lo que él en un año no alcanzara.[80] Pienso que fueron doce o trece reales. Y él les dio muy buena respuesta: que saldría a la plaza a trocar una pieza de a dos[81] y que a la tarde volviesen; mas su salida fue sin vuelta.**(32)**

Por manera que a la tarde ellos volvieron; mas fue tarde. Yo les dije que aún no era venido. Venida la noche y él no, yo hube miedo de quedar en casa solo, y fuime a las vecinas y contéles el caso, y allí dormí.

Venida la mañana, los acreedores vuelven y preguntan por el vecino, mas... a estotra puerta.[82] Las mujeres le[83] responden:

—Veis aquí su mozo y la llave de la puerta.

Ellos me preguntaron por él, y díjele[83] que no sabía adónde estaba y que tampoco había vuelto a casa desde que salió a trocar la pieza, y que pensaba que de mí y de ellos se había ido con el trueco.

---

[80] *le alcanzaron lo que él en un año no alcanzara:* es decir, 'le acreditaron una deuda —*alcanzaron*— que él en un año no obtuviera —*alcanzara*—'.   [81] *pieza de a dos:* de dos castellanos de oro (unos treinta reales).   [82] «*A esotra puerta,* que esa no se abre» (Correas).   [83] *le* por *les,* como *díjele* por *díjeles.*

refiere a la jerarquía aristocrática que está por encima de la hidalguía, sin excluir a ésta, puesto que el propio amo de Lázaro se incluye en ella, en contra de su ostentoso honor, ya que su más destacada ambición consiste en envilecerse al lado de los demás nobles. Todos, uno y otros, carecen de virtud, por lo que se ve, y sólo estiman las bajezas y bellaquerías. ¿Dónde está la superioridad moral, la virtud que, teóricamente, lleva aneja el linaje noble?

(32) A partir de aquí, el escudero desaparece, no obstante lo cual, el capítulo prosigue su andadura durante dos o tres páginas. El autor del *Lazarillo* ha ido perfeccionando su arte de finalización de capítulos conforme avanzaba en la escritura de la novela: es suficiente contrastar éste con el abrupto final del tratado I.

De que esto me oyeron, van por un alguacil y un escribano. Y helos do vuelven luego con ellos, y toman la llave, y llámanme, y llaman testigos, y abren la puerta, y entran a embargar la hacienda de mi amo hasta ser pagados de su deuda. Anduvieron toda la casa, y halláronla desembarazada, como he contado, y dícenme:

—¿Qué es de la hacienda de tu amo: sus arcas y paños de pared y alhajas[84] de casa?

—No sé yo eso —le respondí.

—Sin duda —dicen ellos— esta noche lo deben de haber alzado y llevado a alguna parte. Señor alguacil, prended a este mozo, que él sabe dónde está.

En esto vino el alguacil y echóme mano por el collar del jubón, diciendo:

—Mochacho, tú eres preso si no descubres los bienes deste tu amo.

Yo, como en otra tal no me hubiese visto (porque asido del collar sí había sido muchas y infinitas veces, mas era mansamente dél trabado, para que mostrase el camino al que no vía), yo hube mucho miedo, y, llorando, prometíle de decir lo que me preguntaban.

—Bien está —dicen ellos—. Pues di todo lo que sabes y no hayas temor.

Sentóse el escribano en un poyo para escrebir el inventario, preguntándome qué tenía.

—Señores —dije yo—, lo que éste mi amo tiene, según él me dijo, es un muy buen solar de casas y un palomar derribado.

—Bien está —dicen ellos—; por poco que eso valga, hay para nos entregar de la deuda. ¿Y a qué parte de la ciudad tiene eso? —me preguntaron.

—En su tierra —les respondí.

—Por Dios, que está bueno el negocio —dijeron ellos—, ¿y adónde es su tierra?

—De **Castilla** la Vieja me dijo él que era —le dije yo.

---

[84] *alhajas:* con este sustantivo se designaba el conjunto del mobiliario de una casa (tapices, colgaduras, mesas, sillas, camas, etc.), pero no joyas, ni objetos de oro o plata, ni vestidos.

Riéronse mucho el alguacil y el escribano, diciendo:

—Bastante relación es ésta para cobrar vuestra deuda, aunque mejor fuese.

Las vecinas, que estaban presentes, dijeron:

—Señores, éste es un niño inocente y ha pocos días que está con ese escudero, y no sabe dél más que vuestras mercedes, sino cuanto el pecadorcico se llega aquí a nuestra casa, y le damos de comer lo que podemos por amor de Dios, y a las noches se iba a dormir con él.

Vista mi inocencia, dejáronme, dándome por libre. Y el alguacil y el escribano piden al hombre y a la mujer sus derechos. Sobre lo cual tuvieron gran contienda y ruido. Porque ellos alegaron no ser obligados a pagar, pues no había de qué ni se hacía el embargo. Los otros decían que habían dejado de ir a otro negocio que les importaba más por venir a aquél.

Finalmente, después de dadas muchas voces, al cabo carga un porquerón[85] con el viejo alfamar de la vieja, aunque no iba muy cargado. Allá van todos cinco dando voces. No sé en qué paró: creo yo que el pecador alfamar pagara por todos. Y bien se [le] empleaba, pues el tiempo que había de reposar y descansar de los trabajos pasados se andaba alquilando.

Así, como he contado, me dejó mi pobre tercero amo, do acabé de conoscer mi ruin dicha, pues, señalándose todo lo que podría contra mí, hacía mis negocios tan al revés, que los amos, que suelen ser dejados de los mozos, en mí no fuese ansí, mas que mi amo me dejare y huyese de mí.[33]

---

[85] *porquerón:* ministro de la justicia; ayudante del alguacil que tiene a su cargo la persecución y arresto de los delincuentes.

(33) En este momento acaba la primera fase de la autobiografía de Lázaro y, simultáneamente, la parte central de la novela. A partir de ahora, los tratados serán mucho más breves, de menor importancia vital y narrativa al tiempo que de menor extensión. Y es que el pícaro ha concluido su aprendizaje y con él su principal acopio de experiencias clave para lo que resta de su vida. Tan es así, que los tres capítulos que siguen no tienen mayor desarrollo que el que acaba de concluir, y en concreto el IV y VI son de menor extensión que el prolongado final del III que comentábamos en la llamada anterior.

TRATADO CUARTO

CÓMO LÁZARO SE ASENTÓ CON UN FRAILE DE
LA MERCED Y DE LO QUE LE ACAESCIÓ CON ÉL

Hube de buscar el cuarto, y éste fue un fraile de la Merced,[1] que las mujercillas que digo me encaminaron. Al cual ellas le llamaban pariente.[2] Gran enemigo del coro y de comer en el convento, perdido por andar fuera, amicísimo de negocios seglares y visitar.[3] Tanto, que pienso que rompía él más zapatos que todo el convento. Este me dio los primeros zapatos que rompí en mi vida;[34] mas

---

[1] No es casual que el fraile del tratado IV pertenezca a la Orden de la Merced, ya que estaba bastanta relajada y fue censurada en América por otras órdenes misioneras, a causa de su exiguo espíritu evangélico (como apuntó Bataillon). [2] Pueden sospecharse ciertas relaciones ilícitas entre las «mujercillas» (término habitual para designar prostitutas) y el fraile, y más por el hecho de que le llamen *pariente*, puesto que era usual utilizar determinados tratamientos de parentesco ficticios para ocultar dichas relaciones ilegítimas; como, por ejemplo, los chistes que se burlaban de que los curas y monjes llamaran *sobrinos* a sus hijos, e hijos a los que no lo eran verdaderamente. Por otra parte, *pariente* bien podría estar en sustitución de *padre*, con lo cual el texto tildaría al fraile de alcahuete (las mujercillas, entonces, serían sus daifas, sus rameras), cosa nada extraña, ya que los mercedarios se dedicaban al rescate de los cautivos en Argel; esto es, eran intermediarios, o «terceros». [3] Crítica obvia contra el mercedario, pues se censuraba en los frailes que no estuvieran sosegados en sus monasterios y anduviesen procurando desmedidamente «negocios que negocien en el mundo» (en palabras de Fray Antonio de Guevara, *Epístolas*, I).

---

(34) Este hecho es muy significativo, pues implica que, hasta ahora, el

no me duraron ocho días, ni yo pude con su trote[4] durar más. Y por esto, y por otras cosillas que no digo,[5] salí dél.

---

[4] *trote:* incesante ir y venir de un lugar a otro. [5] Como señalara Bataillon, las «cosillas» que Lázaro se calla y son causa de que abandone el servicio del mercedario parecen implicar «lo peor» sobre sus relaciones e intenciones; esto es, el pecado de sodomía, o «nefando»: de ahí el *no digo.*

pícaro no ha pasado de ser un pordiosero que sólo servía por la comida y la cama, pero que no ganaba sueldo alguno. Hasta este momento, entonces, Lázaro ha caminado descalzo; ha sido, sin duda, un pobre vestido de harapos vergonzantemente; no ha medrado un ápice desde que abandonara su casa, más bien al contrario, cada vez ha pasado más hambre; cada amo nuevo, más miseria. A partir de aquí, en cambio, se introduce una nueva trayectoria en la autobiografía que no debe pasarse por alto: el pícaro inicia un inédito camino ascensional, exclusivamente material, por lo más bajo, los zapatos; ya no volverá a pedir limosna, ni a pasar hambre: una nueva y diferente fase de su autobiografía ha comenzado.

TRATADO QUINTO

CÓMO LÁZARO SE ASENTÓ CON UN BULDERO Y DE LAS COSAS QUE CON ÉL PASÓ

En el quinto por mi ventura di, que fue un buldero,[1] el más desenvuelto y desvergonzado, y el mayor echador dellas[2] que jamás yo vi ni ver espero, ni pienso que nadie vio. Porque tenía y buscaba modos y maneras y muy sotiles invenciones.

En entrando en los lugares do habían de presentar la bula, primero presentaba[3] a los clérigos o curas algunas cosillas, no tampoco de mucho valor ni substancia: una lechuga murciana, si era por el tiempo, un par de limas[4] o naranjas, un melocotón, un par de duraznos,[5] cada sendas peras verdiniales.[6] Ansí procuraba tenerlos propicios, porque favoresciesen su negocio y llamasen sus feligreses a tomar la bula.

---

[1] *buldero*: el encargado de predicar y vender las bulas, que en la época del *Lazarillo* era un religioso. Las «Bulas de Santa Cruzada» estaban concebidas en principio para coadyuvar a los gastos de la «cruzada» contra moros; en la época que nos interesa eran concesiones especiales de indulgencias y privilegios otorgadas a los reinos de España por el Papa, que permitían a los que las adquirían, por ejemplo, comer huevos y derivados de la leche durante los días de ayuno obligado de la Cuaresma, además de otras diversas prebendas y exenciones religiosas o litúrgicas.   [2] *dellas*: se refiere a las bulas.   [3] *presentaba*: regalaba, ofrecía presentes.   [4] *limas*: frutas parecidas al limón, más pequeñas, dulces y agrias.   [5] *duraznos*: especie de fruta así llamada por la dureza de su digestión, o por la tenacidad con que la carne se une al hueso.   [6] *peras verdiniales*: así denominadas porque conservan el color verde incluso después de madurar.

Ofreciéndosele a él las gracias,[7] informábase de la suficiencia dellos. Si decían que entendían, no hablaba en latín, por no dar tropezón; mas aprovechábase de un gentil y bien cortado romance y desenvoltísima lengua. Y si sabía que los dichos clérigos eran de los reverendos (digo, que más con dineros que con letras, y con reverendas[8] se ordenan), hacíase entre ellos un sancto Tomás y hablaba dos horas en latín. A lo menos, que lo parescía, aunque no lo era.

Cuando por bien no le tomaban las bulas, buscaba cómo por mal se las tomasen. Y para aquello hacía molestias al pueblo, e otras veces con mañosos artificios. Y porque todos los que le veía hacer sería largo de contar, diré uno muy sotil y donoso, con el cual probaré bien su suficiencia.

En un lugar de la Sagra de Toledo[9] había predicado dos o tres días, haciendo sus acostumbradas diligencias, y no le habían tomado bula, ni a mi ver tenían intención de se la tomar. Estaba dado al diablo con aquello, y pensando qué hacer, se acordó de convidar[10] al pueblo para otro día de mañana despedir la bula.

Y esa noche, después de cenar, pusiéronse a jugar la colación[11] él y el alguacil. Y sobre el juego vinieron a reñir y a haber malas palabras. El llamó al alguacil ladrón, y el otro a él falsario. Sobre esto, el señor comisario,[12] mi señor, tomó un lanzón que en el portal do jugaban estaba. El alguacil puso mano a su espada, que en la cinta tenía.

Al ruido y voces que todos dimos, acuden los huéspedes y vecinos, y métense en medio. Y ellos, muy enojados, procurándose de desembarazar de los que en medio estaban para se matar. Mas como la gente al gran ruido cargase, y la casa estuviese llena della,

---

[7] Es decir, 'en el momento de darle las gracias'. [8] *reverendas:* se llamaba así a las cartas dimisorias en las que un obispo o prelado daba facultad a su súbdito para recibir órdenes de otro. Por lo tanto, el texto se refiere, mediante un juego verbal, a los clérigos llamados *reverendos* por haber sido ordenados mediante *reverendas* compradas, y no *reverendos* por respetables, ni dignos de reverencia. [9] Comarca situada al nordeste de Toledo, paso obligado y tradicional entre Madrid y la ciudad imperial, cuyo pueblo principal es Illescas. [10] *convidar:* convocar. [11] *colación:* dulces generalmente, aunque también ensaladas o fiambres que acompañan a la bebida. [12] Se refiere al buldero, porque tiene la *comisión* de vender bulas.

viendo que no podían afrentarse con las armas, decíanse palabras injuriosas, entre las cuales el alguacil dijo a mi amo que era falsario y las bulas que predicaba que eran falsas.

Finalmente, que los del pueblo, viendo que no bastaban a ponellos en paz, acordaron de llevar el alguacil de la posada a otra parte. Y así quedó mi amo muy enojado. Y después que los huéspedes y vecinos le hubieron rogado que perdiese el enojo y se fuese a dormir, se fue, y así nos echamos todos.

La mañana venida, mi amo se fue a la iglesia y mandó tañer a misa y al sermón para despedir la bula. Y el pueblo se juntó, el cual andaba murmurando de las bulas, diciendo cómo eran falsas y que el mesmo alguacil, riñendo, lo había descubierto. De manera que, tras que tenían mala gana de tomalla, con aquello del todo la aborrescieron.

El señor comisario se subió al púlpito, y comienza su sermón, y a animar la gente a que no quedasen sin tanto bien y indulgencia como la sancta bula traía.

Estando en lo mejor del sermón, entra por la puerta de la iglesia el alguacil, y desque hizo oración, levantóse, y con voz alta y pausada, cuerdamente comenzó a decir:

—Buenos hombres, oídme una palabra, que después oiréis a quien quisiéredes. Yo vine aquí con este echacuervo[13] que os predica, el cual me engañó, y dijo que le favoresciese en este negocio, y que partiríamos la ganancia. Y agora, visto el daño que haría a mi consciencia y a vuestras haciendas, arrepentido de lo hecho, os declaro claramente que las bulas que predica son falsas y que no le creáis ni las toméis, y que yo, *directe* ni *indirecte*,[14] no soy parte en ellas, y que desde agora dejo la vara y doy con ella en el suelo.[15] Y si en algún tiempo éste fuere castigado por la falsedad, que vosotros me seáis testigos cómo yo no soy con él ni le doy a ello ayuda, antes os desengaño y declaro su maldad. Y acabó su razonamiento.

---

[13] *echacuervo:* particularmente significa 'buldero', aunque en general se llamaba así a los buhoneros y embaucadores.   [14] *directe ni indirecte:* directa ni indirectamente. Es fórmula jurídica.   [15] Como la vara era el símbolo de la autoridad, arrojarla al suelo implicaba renunciar a su cargo de alguacil.

Algunos hombres honrados que allí estaban se quisieron levantar y echar al alguacil fuera de la iglesia, por evitar escándalo. Mas mi amo les fue a la mano[16] y mandó a todos que, so pena de excomunión, no le estorbasen, mas que le dejasen decir todo lo que quisiese. Y ansí él también tuvo silencio mientras el alguacil dijo todo lo que he dicho.

Como calló, mi amo le preguntó si quería decir más, que lo dijese.

El alguacil dijo:

—Harto hay más que decir de vos y de vuestra falsedad, mas por agora basta.

El señor comisario se hincó de rodillas en el púlpito, y, puestas las manos[17] y mirando al cielo, dijo ansí:

—Señor Dios, a quien ninguna cosa es escondida, antes todas manifiestas, y a quien nada es imposible, antes todo posible: tú sabes la verdad y cuán injustamente yo soy afrentado. En lo que a mí toca, yo lo perdono, porque tú, Señor, me perdones. No mires a aquel, que no sabe lo que hace ni dice; mas la injuria a ti hecha te suplico, y por justicia te pido, no disimules. Porque alguno que está aquí, que por ventura pensó tomar aquesta sancta bula, y dando crédito a las falsas palabras de aquel hombre lo dejará de hacer, y, pues es tanto perjuicio del prójimo, te suplico yo, Señor, no lo disimules, mas luego muestra aquí milagro, y sea desta manera: que si es verdad lo que aquél dice y que yo traigo maldad y falsedad, este púlpito se hunda comigo y meta siete estados[18] debajo de tierra, do él ni yo jamás parezcamos; y si es verdad lo que yo digo y aquél, persuadido del demonio (por quitar y privar a los que están presentes de tan gran bien), dice maldad, también sea castigado y de todos conoscida su malicia.

Apenas había acabado su oración el devoto señor mío, cuando el negro alguacil cae de su estado, y da tan gran golpe en el suelo, que la iglesia toda hizo resonar, y comenzó a bramar y echar

---

[16] *les fue a la mano:* se lo impidió por la fuerza.   [17] *puestas las manos:* juntas para orar y rogar a Dios pidiendo misericordia.   [18] *estados: estado* es una medida equivalente a la estatura regular que tiene el hombre, y, de ordinario, la profundidad de los pozos u otra cosa honda se mide por estados.

espumajos por la boca y torcella y hacer visajes con el gesto, dando de pie y de mano, revolviéndose por aquel suelo a una parte y a otra.

El estruendo y voces de la gente era tan grande, que no se oían unos a otros. Algunos estaban espantados y temerosos.

Unos decían: «El Señor le socorra y valga.» Otros: «Bien se le emplea, pues levantaba tan falso testimonio.»

Finalmente, algunos que allí estaban, y a mi parescer no sin harto temor, se llegaron y le trabaron de los brazos, con los cuales daba fuertes puñadas a los que cerca dél estaban. Otros le tiraban por las piernas, y tuvieron reciamente, porque no había mula falsa en el mundo que tan recias coces tirase. Y así le tuvieron un gran rato. Porque más de quince hombres estaban sobre él, y a todos daba las manos llenas, y, si se descuidaban, en los hocicos.

A todo esto, el señor mi amo estaba en el púlpito de rodillas, las manos y los ojos puestos en el cielo, transportado en la divina esencia, que el planto y ruido y voces que en la iglesia había no eran parte para apartalle de su divina contemplación.

Aquellos buenos hombres llegaron a él, y dando voces le despertaron, y le suplicaron quisiese socorrer a aquel pobre, que estaba muriendo, y que no mirase a las cosas pasadas ni a sus dichos malos, pues ya dellos tenía el pago; mas si en algo podría aprovechar para librarle del peligro y pasión que padescía, por amor de Dios lo hiciese, pues ellos veían clara la culpa del culpado, y la verdad y bondad suya, pues a su petición y venganza el Señor no alargó el castigo.

El señor comisario, como quien despierta de un dulce sueño, los miró, y miró al delincuente y a todos los que alderredor estaban, y muy pausadamente les dijo:

—Buenos hombres, vosotros nunca habíades de rogar por un hombre en quien Dios tan señaladamente se ha señalado; mas, pues El nos manda que no volvamos mal por mal, y perdonemos las injurias, con confianza podremos suplicarle que cumpla lo que nos manda y Su Majestad perdone a éste, que le ofendió poniendo en su sancta fe obstáculo. Vamos todos a suplicalle.

Y así, bajó del púlpito y encomendó a que muy devotamente suplicasen a Nuestro Señor tuviese por bien de perdonar a aquel pecador y volverle en su salud y sano juicio, y lanzar dél el demonio, si Su Majestad había permitido que por su gran pecado en él entrase.

Todos se hincaron de rodillas, y delante del altar, con los clérigos, comenzaban a cantar con voz baja una letanía. Y viniendo él con la cruz y agua bendita, después de haber sobre él cantado, el señor mi amo, puestas las manos al cielo y los ojos que casi nada se le parescía, sino un poco de blanco, comienza una oración no menos larga que devota, con la cual hizo llorar a toda la gente (como suelen hacer en los sermones de Pasión, de predicador y auditorio devoto),(35) suplicando a Nuestro Señor, pues no quería la muerte del pecador, sino su vida y arrepentimiento, que aquel encaminado por el demonio y persuadido de la muerte y pecado, le quisiese perdonar y dar vida y salud, para que se arrepintiese y confesase sus pecados.

Y esto hecho, mandó traer la bula y púsosela en la cabeza. Y luego el pecador del alguacil comenzó, poco a poco, a estar mejor y tornar en sí. Y desque fue bien vuelto en su acuerdo, echóse a los pies del señor comisario y demandóle perdón; y confesó haber dicho aquello por la boca y mandamiento del demonio, lo uno, por hacer a él daño y vengarse del enojo; lo otro, y más principal, porque el demonio reciba mucha pena del bien que allí se hiciera en tomar la bula.

---

(35) Se ha pensado que este episodio es fruto de una actitud crítica espiritual cercana a los *dejados* —secta religiosa acusada en ocasiones de no querer que se derramaran lágrimas en los sermones de Pasión—, y a los *iluminados*, que despreciaban los ritos externos de la Pasión del Señor. Además, parece aceptable interpretar el conjunto de la burla que pergeña el buldero como producto de una mentalidad censora erasmista, en general, puesto que el tramposo se vale de las creencias religiosas externas, idólatras y superficiales del pueblo —tan criticadas por Erasmo y sus seguidores—, para efectuar su burla; y ello porque las gentes son capaces de aceptar la realización de un milagro divino directo e inmediato, con el único requisito de una petición previa de mínima insistencia, como algo natural y usual. La crítica espiritual erasmista parece, pues, subyacer en el fondo de la argucia del buldero, porque el engaño presupone una acusación obvia contra las prácticas externas y vanas de la religiosidad tradicional.

El señor mi amo le perdonó, y fueron hechas las amistades entre ellos. Y a tomar la bula hubo tanta priesa, que casi ánima viviente en el lugar no quedó sin ella, marido y mujer, y hijos y hijas, mozos y mozas.

Divulgóse la nueva de lo acaescido por los lugares comarcanos, y, cuando a ellos llegábamos, no era menester sermón ni ir a la iglesia, que a la posada la venían a tomar, como si fueran peras que se dieran de balde. De manera que, en diez o dice lugares de aquellos alderredores donde fuimos, echó el señor mi amo otras tantas mil bulas sin predicar sermón.

Cuando él hizo el ensayo,[19] confieso mi pecado, que también fui dello espantado, y creí que ansí era, como otros muchos; mas con ver después la risa y burla que mi amo y el alguacil llevaban y hacían del negocio, conoscí cómo había sido industriado por el industrioso y inventivo de mi amo.

Acaesciónos[20] en otro lugar, el cual no quiero nombrar por su honra, lo siguiente: y fue que mi amo predicó dos o tres sermones, y dó a Dios la bula tomaban.[21] Visto por el astuto de mi amo lo que pasaba, y que aunque decía se fiaban por un año no aprovechaba, y que estaban tan rebeldes en tomarla, y que su trabajo era perdido, hizo tocar las campanas para despedirse, y hecho su sermón y despedido desde el púlpito, ya que se quería abajar, llamó al escribano y a mí, que iba cargado con unas alforjas, y hízonos llegar al primer escalón, y tomó al alguacil las que en las manos llevaba, y las que yo tenía en las alforjas púsolas junto a sus pies, y tornóse a poner en el púlpito con cara alegre, y arrojar desde allí, de diez en diez y de veinte en veinte, de sus bulas hacia todas partes, diciendo:

—Hermanos míos, tomad, tomad de las gracias que Dios os envía hasta vuestras casas, y no os duela, pues es obra tan pía la redempción de los cautivos cristianos que están en tierra de moros, porque no renieguen nuestra sancta fe y vayan a las penas del infierno, siquiera ayudaldes con vuestra limosna, y con cinco Pater nostres y cinco Ave marías, para que salgan de cautiverio. Y aun también aprovechan para los padres y hermanos y deudos que tenéis en el Purgatorio, como lo veréis en esta sancta bula.

---

[19] *ensayo:* engaño, burla.   [20] Lo que se transcribe en cursiva desde ahora es una interpolación de la edición de Alcalá de Henares.   [21] La expresión habitual era «doy al diablo, maldita la bula que tomaban»; sólo que aquí se altera para evitar la irreverencia, por tratarse de la Santa Bula.

Como el pueblo las vio ansí arrojar, como cosa que la daba de balde, y ser venida de la mano de Dios, tomaban a más tomar, aun para los niños de la cuna y para todos sus defunctos contando desde los hijos hasta el menor criado que tenían, contándolos por los dedos. Vímonos en tanta priesa, que a mí aínas me acabaron de romper un pobre y viejo sayo que traía, de manera que certifico a Vuestra Merced que en poco más de un hora no quedó bula en las alforjas, y fue necesario ir a la posada por más.

Acabados de tomar todos, dijo mi amo desde el púlpito a su escribano y al del Consejo que se levantasen, y para que se supiese quién[22] eran los que habían de gozar de la sancta indulgencia y perdones de la sancta bula y para que él diese buena cuenta a quien le había enviado, se escribiesen.

Y así, luego todos de muy buena voluntad decían las que habían tomado, contando por orden los hijos y criados y defunctos.

Hecho su inventario, pidió a los alcaldes que, por caridad, porque él tenía que hacer en otra parte, mandasen al escribano le diese autoridad del inventario y memoria de las que allí quedaban, que, según decía el escribano, eran más de dos mil.

Hecho esto, él se despidió con mucha paz y amor, y ansí nos partimos deste lugar. Y aun antes que nos partiésemos, fue preguntando él por el teniente[23] cura del lugar y por los regidores si la bula aprovechaba para las criaturas que estaban en el vientre de sus madres.

A lo cual él respondió que, según las letras que él había estudiado, que no, que lo fuesen a preguntar a los doctores más antiguos que él, y que esto era lo que sentía en este negocio.

E ansí nos partimos, yendo todos muy alegres del buen negocio. Decía mi amo al alguacil y escribano:

—¿Qué os paresce, cómo a estos villanos, que con sólo decir cristianos viejos somos, sin hacer obras de caridad se piensan salvar, sin poner nada de su hacienda? Pues, ¡por vida del licenciado Pascasio Gómez, que a su costa se saquen más de diez cautivos!

Y ansí nos fuimos hasta otro lugar de aquel, cabo de Toledo, hacia la Mancha, que se dice, adonde topamos otros más obstinados en tomar bulas. Hechas mi amo y los demás que íbamos nuestras diligencias, en dos fiestas que allí estuvimos no se habían echado treinta bulas.

---

[22] *quien:* quienes. Era usual en la época utilizar el singular del relativo por el plural.   [23] *teniente cura:* el sustituto del cura.

Visto por mi amo la gran perdición y la mucha costa que traía, y el ardideza[24] *que el sotil de mi amo tuvo para hacer desprender sus bulas fue que este día dijo la misa mayor, y después de acabado el sermón y vuelto al altar, tomó una cruz que traía de poco más de un palmo, y en un brasero de lumbre que encima del altar había (el cual habían traído para calentarse las manos, porque hacía gran frío), púsole detrás del misal, sin que nadie mirase en ello. Y allí, sin decir nada, puso la cruz encima la lumbre, y ya que hubo acabado la misa y echada la bendición, tomóla con un pañizuelo bien envuelta la cruz en la mano derecha y en la otra la bula, y ansí se bajó hasta la postrera grada del altar, adonde hizo que besaba la cruz. Y hizo señal que viniesen adorar la cruz. Y ansí vinieron los alcaldes los primeros y los más ancianos del lugar, viniendo uno a uno, como se usa.*

Y el primero que llegó, que era un alcalde viejo, aunque él le dio a besar la cruz bien delicadamente, se abrasó los rostros[25] *y se quitó presto a fuera. Lo cual visto por mi amo, le dijo.*

—¡Paso quedo, señor alcalde! ¡Milagro!

Y ansí hicieron otros siete o ocho. Y a todos les decía:

—¡Paso, señores! ¡Milagro!

Cuando él vido que los rostriquemados bastaban para testigos del milagro, no la quiso dar más a besar. Subióse al pie del altar y de allí[26] *decía cosas maravillosas, diciendo que por la poca caridad que había en ellos había Dios permitido aquel milagro, y que aquella cruz había de ser llevada a la sancta iglesia mayor de su obispado, que por la poca caridad que en el pueblo había, la cruz ardía.*

Fue tanta la prisa que hubo en el tomar de la bula, que no bastaban dos escribanos ni los clérigos ni sacristanes a escribir. Creo de cierto que se tomaron más de tres mil bulas, como tengo dicho a Vuestra Merced.

Después, al partir, él fue con gran reverencia, como es razón, a tomar la sancta cruz, diciendo que la había de hacer engastonar[27] *en oro, como era razón. Fue rogado mucho del Concejo y clérigos del lugar les dejase allí aquella sancta cruz, por memoria del milagro allí acaescido. Él en ninguna manera lo quería hacer, y al fin, rogado de tantos, se la dejó; con que le dieron*

---

[24] *ardideza:* astucia.   [25] *rostros:* labios.   [26] *de allí:* desde allí.   [27] *engastonar:* engastar.

otra cruz vieja que tenían, antigua, de plata, que podrá pesar dos o tres libras, según decían.

Y *ansí nos partimos alegres con el buen trueque y con haber negociado bien. En todo no vio nadie lo susodicho sino yo. Porque me subía par del altar para ver si había quedado algo en las ampollas,* [28] *para ponello en cobro, como otras veces yo lo tenía de costumbre, y como allí me vio, púsose el dedo en la boca, haciéndome señal que callase.* Yo *ansí lo hice, porque me cumplía, aunque después que vi el milagro no cabía en mí por echallo fuera, sino que el temor de mi astuto amo no me lo dejaba comunicar con nadie, ni nunca de mí salió. Porque me tomó juramento que no descubriese el milagro, y ansí lo hice hasta agora.* [29]

Y aunque mochacho, cayóme mucho en gracia y dije entre mí: «¡Cuántas déstas deben hacer estos burladores entre la inocente gente!»[(36)]

---

[28] *ampollas:* vasos de cuello largo y estrecho y cuerpo ancho en que se contiene el agua y el vino necesarios para celebrar la misa.   [29] Aquí concluye la extensa interpolación, aunque poco después, justo al finalizar el capítulo, tras «fatigas», la edición de Alcalá vuelve a añadir lo siguiente: «*aunque me daba bien de comer, a costa de los curas y otros clérigos do iba a predicar*».

~~~~~~

(36) Obsérvese —además de la tópica generalización del buldero: «estos burladores»; igual que sucediera en el caso del escudero— que en este tratado Lázaro se ha limitado a narrar un hecho en el que no ha intervenido, actuando sólo como un mero espectador, aunque privilegiado, de la burla. Es importante detenerse un instante en este hecho, puesto que el pícaro, que inició su andadura como burlador o trampista con el ciego y con el clérigo de Maqueda, ahora, en cambio, no interviene nunca en argucias de ese tipo, y se limita a narrar las burlas que hacen otros. Esto quiere decir que Lázaro ha abandonado definitivamente la senda de la vida marginal del tramposo astuto como medio de supervivencia, para intentar escalar peldaños de la pirámide social por la vía usual de la integración en la sociedad, aunque sólo sea a través de sus más bajos estratos. El hecho es muy importante para lograr una cabal interpretación del relato. Por otra parte, como «novelista» de sucesos ajenos, Lázaro, guiado del punto de vista único sobre la realidad que supone la autobiografía, vuelve a engañarse en un primer momento —y a engañar a los lectores—, pensando que su amo ha actuado sinceramente, hasta que, ya

Finalmente, estuve con este mi quinto amo cerca de cuatro meses, en los cuales pasé también hartas fatigas.

---

finalizada la burla, «la risa» del buldero le descubre —y nos descubre— la realidad de la trampa. La perspectiva única sobre la realidad vuelve, pues, a ser aparente y falaz. (Véase **19**.) ¿Por qué la insistencia en este fenómeno, fundamental tanto desde una óptica técnico-literaria como semántica? ¿No será que la realidad es engañosa? ¿No será que, si confunde su interpretación de la realidad en algunos episodios, también es lógica su confusión —consciente o no— en el *caso*? Reflexiónese sobre estas cuestiones.

TRATADO SEXTO

CÓMO LÁZARO SE ASENTÓ CON UN CAPELLÁN
Y LO QUE CON ÉL PASÓ

Después desto, asenté con un maestro de pintar panderos, para molelle los colores, y también sufrí mil males.

Siendo ya en este tiempo buen mozuelo, entrando un día en la iglesia mayor,[1] un capellán della me recibió por suyo. Y púsome en poder un asno y cuatro cántaros y un azote, y comencé a echar agua[2] por la cibdad. Este fue el primer escalón que yo subí para venir a alcanzar buena vida, porque mi boca era medida.[3] Daba cada día a mi amo treinta maravedís ganados, y los sábados ganaba para mí, y todo lo demás,[4] entre semana, de treinta maravedís.

Fueme tan bien en el oficio, que al cabo de cuatro años que lo usé, con poner en la ganancia buen recaudo, ahorré para me vestir muy honradamente de la ropa vieja. De la cual compré un jubón de fustán[5] viejo y un sayo raído, de manga tranzada[6] y puerta,[7] y

---

[1] *la iglesia mayor:* la catedral.   [2] *echar agua:* vender agua.   [3] Su boca, era, en efecto, la *medida* para alcanzar buena vida, ya que gracias a los pregones que por ella salían —como aguador ahora y como pregonero en el tratado siguiente—, el pícaro consiguió el dinero que necesitaba para ascender —vistiéndose como las personas con honor— en la escala social.   [4] *y todo lo demás:* y todo lo que excedía.   [5] *fustán:* cierta tela de algodón con que se acostumbra a forrar los vestidos.   [6] *trenzada:* trenzada.   [7] *puerta:* abertura del sayo a la altura del pecho, que se podía cerrar mediante cintas o agujetas.

una capa que había sido frisada, y una espada de las viejas primeras de Cuéllar.[8] Desque me vi en hábito de hombre de bien, dije a mi amo se tomase su asno, que no quería más seguir aquel oficio.[37]

[8] Pueblo segoviano afamado por sus espadas.

(37) Nótese que la ironía («*Fueme tan bien en el oficio*», cuando necesitó cuatro años de trabajo para ahorrar el dinero mínimo imprescindible con el que adquirir cuatro prendas de vestir viejas y usadas) no es gratuita, ya que sus aristas alcanzan al capellán, verdadero explotador de los sudores y miserias del pícaro. El anticlericalismo se refuerza. Por otra parte, Lázaro dice que se vistió «honradamente», que adquirió «hábito de hombre de bien», en lo que demuestra ya haber asimilado las «lecciones» del escudero, puesto que entiende que la honra reside en el vestido, y que poseerla es, pues, sólo cuestión de dinero y de apariencia externa. El proceso deseducador del *Lazarillo* comienza así a vislumbrarse con claridad. Finalmente, hay que relacionar este episodio con el tratado IV (véase **34**), pues el pícaro, hasta este momento, ha ido vestido sólo con harapos o poco más, ya que el hecho de comprar jubón viejo, sayo raído, capa añeja y espada antigua le parece una transformación radical de su *status* social: «el primer escalón que yo subí para venir a alcanzar buena vida». Los nexos que ligan los tratados IV y VI son, además, estructurales: ¿Por qué son de tan corta extensión?; ¿por qué se diferencian ambos en eso de todos los demás?

TRATADO SÉPTIMO

CÓMO LÁZARO SE ASENTÓ CON UN ALGUACIL Y DE LO QUE LE ACAESCIÓ CON ÉL

Despedido del capellán, asenté por hombre de justicia con un alguacil. Mas muy poco viví con él, por parescerme oficio peligroso. Mayormente, que una noche nos corrieron a mí y a mi amo a pedradas y a palos unos retraídos.[1] Y a mi amo, que esperó, trataron mal, mas a mí no me alcanzaron. Con esto renegué del trato.

Y pensando en qué modo de vivir haría mi asiento, por tener descanso y ganar algo para la vejez, quiso Dios alumbrarme y ponerme en camino y manera provechosa. Y con favor que tuve de amigos y señores, todos mis trabajos y fatigas hasta entonces pasados fueron pagados con alcanzar lo que procuré, que fue un oficio real,[2] viendo que no hay nadie que medre, sino los que le tienen.

En el cual el día de hoy vivo y resido a servicio de Dios y de Vuestra Merced. Y es que tengo cargo de pregonar los vinos que en esta ciudad se venden, y en almonedas y cosas perdidas; acompañar los que padecen persecuciones por justicia y declarar a voces sus delictos: pregonero,[3] hablando en buen romance.

---

[1] *retraídos:* los que se han acogido a la iglesia, para ampararse de la justicia, que no tenía acceso a los lugares sacros. [2] *oficio real:* hoy diríamos 'colocación al servicio del Estado o de la Administración local'. [3] Era uno de los oficios más viles que se podían tener, parangonable, por ejemplo, al de verdugo.

En el cual oficio,[4] un día que ahorcábamos un apañador[5] en Toledo, y llevaba una buena soga de esparto, conoscí y caí en la cuenta de la sentencia que aquel mi ciego amo había dicho en Escalona, y me arrepentí del mal pago que le di, por lo mucho que me enseñó. Que, después de Dios, él me dio industria para llegar al estado que ahora estó.

Hame sucedido tan bien, yo le he usado tan fácilmente, que casi todas las cosas al oficio tocantes pasan por mi mano. Tanto, que, en toda la ciudad, el que ha de echar vino a vender, o algo, si Lázaro de Tormes no entiende en ello, hacen cuenta de no sacar provecho.

En este tiempo, viendo mi habilidad y buen vivir, teniendo noticia de mi persona el señor arcipreste de Sant Salvador,[6] mi señor, y servidor y amigo de Vuestra Merced,[38] porque le pregonaba sus vinos,[39] procuró casarme con una criada suya. Y visto por mí que de tal persona no podía venir sino bien y favor, acordé de lo hacer. Y así, me casé con ella, y hasta agora no estoy arrepentido.

Porque, allende de ser buena hija y diligente servicial,[7] tengo en mi señor arcipreste todo favor y ayuda. Y siempre en el año le da, en veces,[8] al pie de[9] una carga de trigo; por las Pascuas, su carne; y cuando el par de los bodigos,[10] las calzas viejas que deja. Y

---

[4] Reproduzco ahora, en cursiva, una nueva interpolación de Alcalá. [5] *apañador*: ladrón. [6] Parroquia de Toledo. [7] *servicial*: criada. [8] *en veces*: en ocasiones. [9] *al pie de*: cerca de. [10] *cuando el par de los bodigos*: esto es 'cuando se celebra la fiesta de ofrenda de pan al predicador', o lo que es lo mismo, 'cuando acaba el invierno'; sólo entonces, el arcipreste da a Lázaro las calzas viejas que ha llevado puestas durante toda la época fría. Posiblemente, la referencia a la ofrenda del par de bollos de pan se concrete en el día de San Marcos, 25 de abril, último de invierno y primero de verano según la añeja división del año en dos períodos.

(38) Es decir, que «Vuestra Merced» es un *señor* (¿una jerarquía eclesiástica?; ¿un noble de título?), un hombre de superior categoría social, ya que el arcipreste es su *servidor*, y con autoridad suficiente como para solicitar de Lázaro la relación de su autobiografía y, de este modo, justificar que un pobre pícaro sea capaz de escribir su propia vida.

(39) Véase **9**. El ciego le había vaticinado que, en efecto, sería bienaventurado a causa del vino. Es un dato estructural, entre otros, que demuestra la coherencia magistral del relato.

hízonos alquilar una casilla par de la suya. Los domingos y fiestas casi todas las comíamos en su casa.

Mas malas lenguas, que nunca faltaron ni faltarán, no nos dejan vivir, diciendo no sé qué y sí sé qué de que veen a mi mujer irle a hacer la cama y guisalle de comer. Y mejor les ayude Dios que ellos dicen la verdad.[11]

Aunque[12] *en este tiempo siempre he tenido alguna sospechu[e]la, y habido algunas malas cenas por esperalla algunas noches hasta las laudes,*[13] *y aún más; y se me ha venido a la memoria lo que mi amo el ciego me dijo en Escalona, estando asido al cuerno. Aunque, de verdad, siempre pienso que el diablo me lo trae a la memoria por hacerme mal casado, y no le aprovecha.*

Porque, allende de no ser ella mujer que se pague[14] destas burlas, mi señor me ha prometido lo que pienso cumplirá. Que él me habló un día muy largo delante della y me dijo:

—Lázaro de Tormes, quien ha de mirar a dichos de malas lenguas nunca medrará. Digo esto porque no me maravillaría alguno,[15] viendo entrar en mi casa a tu mujer y salir della. Ella entra muy a tu honra y suya, y esto te lo prometo. Por tanto, no mires a lo que puedan decir, sino a lo que te toca, digo, a tu provecho.

—Señor —le dije—, yo determiné de arrimarme a los buenos.(**40**) Verdad es que algunos de mis amigos me han dicho algo deso, y

---

[11] Es decir, que mienten. [12] Lo que sigue en cursiva es interpolación de Alcalá. [13] *laudes:* parte del oficio divino que se dice después de maitines. Es, pues, la primera hora del rezo, efectuada ya en la madrugada. [14] *se pague:* guste. [15] *alguno:* se refiere a los «dichos de malas lenguas» anteriores.

(**40**) Lázaro, a causa de un proceso deseducador, de una educación invertida, confunde *honra* con *provecho* material, *bondad* con *bienestar temporal*... En suma, todo tipo de valores espirituales con necesidades materiales primarias: «arrimarse a los buenos» es acercarse a los que pueden llenar su estómago... Medítese acerca de esta inversión moral: ¿quiénes son sus causantes? ¿Qué censura el autor por medio de este proceso de educación invertida?

aun por más de tres veces me han certificado que antes que comigo casase había parido tres veces, hablando con reverencia de Vuestra Merced, porque está ella delante.

Entonces mi mujer echó juramentos sobre sí, que yo pensé la casa se hundiera con nosotros. Y después tomóse a llorar y a echar maldiciones sobre quien comigo la había casado, en tal manera, que quisiera ser muerto antes que se me hubiera soltado aquella palabra de la boca. Mas yo de un cabo y mi señor de otro, tanto le dijimos y otorgamos, que cesó su llanto, con juramento que le hice de nunca más en mi vida mentalle nada de aquello, y que yo holgaba y había por bien de que ella entrase y saliese,[16] de noche y de día, pues estaba bien seguro de su bondad. Y así quedamos todos tres bien conformes.

Hasta el día de hoy nunca nadie nos oyó sobre el caso;[(41)] antes, cuando alguno siento que quiere decir algo della, le atajo y le digo:

—Mirá, si sois amigo, no me digáis cosa con que me pese, que no tengo por amigo al que me hace pesar; mayormente, si me quiere meter mal con mi mujer, que es la cosa del mundo que yo más quiero y la amo más que a mí. Y me hace Dios con ella mil mercedes y más bien que yo merezco; que yo juraré sobre la hostia consagrada, que es tan buena mujer como vive dentro de las

---

[16] En casa del arcipreste de San Salvador, naturalmente.

<hr style="border-style: wavy" />

(41) Este es, pues, el *caso* nuclear que explica y justifica como verdadero centro axial todos los elementos de la novela, tanto estructural como significativamente. Reflexiónese sobre el hecho de que es un *caso de honra*, y, simultáneamente, está relacionado directamente con un religioso; esto es, que en él se unen honra y clerecía, o lo que es lo mismo, antinobiliarismo y anticlericalismo, los dos temas y las dos intenciones clave de la autobiografía. Además, nótese que es un caso de *apariencia* que oculta la realidad, de doble y engañosa faz, como la honra del escudero, como la burla del buldero... ¿Es la clerecía una apariencia falaz de religiosidad inauténtica? ¿Es la causante fundamental de ese reseñado proceso deseducador, de una inversión moral, precisamente ella, la supuesta defensora y propagadora de la moralidad?

puertas de Toledo.[17] Quien otra cosa me dijere, yo me mataré con él.

Desta manera no me dicen nada y yo tengo paz en mi casa.

Esto fue el mesmo año que nuestro victorioso Emperador en esta insigne ciudad de Toledo entró, y tuvo en ella Cortes,[(42)] y se hicieron grandes regocijos, como Vuestra Merced habrá oído. Pues en este tiempo estaba en mi prosperidad y en la cumbre de toda buena fortuna.[18]

---

[17] El juicio de Lázaro implica una muy negativa visión de las mujeres toledanas, puesto que ha quedado previamente clara la relación erótica ilícita de la propia esposa del pícaro con el arcipreste.   [18] La edición de Alcalá de Henares, poniendo de manifiesto, una vez más, su incomprensión del texto original, relato perfectamente cerrado y orgánico, añade: «*De lo que de aquí adelante me suscediere, avisaré a Vuestra Merced.*»

(42) Se refiere, probablemente, como vimos en la Introducción, a las Cortes de Toledo de 1525, aunque hay quien cree que podrían ser las celebradas en 1538. No obstante, las únicas verdaderamente victoriosas y regocijadas fueron las de 1525, tras la victoria de Pavía, mientras que las de 1538, tras la Paz de Niza —que no implicaba éxito alguno para España— y la derrota de Andrea Doria a manos de Barbarroja, no ofrecían motivo alguno de festejo, y menos aún si tenemos en cuenta que estas Cortes toledanas no cedieron a las peticiones económicas del Emperador, que las abandonó, por ello, malhumorado. De otra parte, nótese cómo se dan la mano en un punto la España oficial, gloriosa, imperial y magnífica de Carlos V, y la España doliente, intrahistórica, mísera y envilecida de Lázaro de Tormes y los que son como él.

Documentos y juicios críticos

1. *Veamos en primer lugar un añejo juicio sobre el* Lazarillo, *del año 1605 en concreto, el más atinado y sensible, sin duda, entre los antiguos, que va además acompañado de la más vieja atribución de la obra, e inserto en un escrito que, a pesar de carecer de intención literaria, ha merecido siempre con justicia numerosas alabanzas por la excelente calidad de su prosa.*

Hizo esta medicina notable provecho en nuestro fray Juan de Ortega [...]. Dicen que siendo estudiante en Salamanca, mancebo, como tenía un ingenio tan galán y fresco, hizo aquel librillo que anda por ahí, llamado Lazarillo de Tormes, mostrando en un sugeto tan humilde la propiedad de la lengua castellana, y el decoro de las personas que introduce con tan singular artificio y donaire, que merece ser leído de los que tienen buen gusto. El indicio desto fue haberle hallado el borrador en la celda, de su propia mano escrito.

> Fray José de Sigüenza: *Historia de la Orden de San Jerónimo,* Madrid, NBAE, 1909, vol. II, p. 145. (Se han modernizado las grafías.)

2. *Pertenece este fragmento de Marcel Bataillon al primer libro verdaderamente importante y de obligada consulta para el estudio del* Lazarillo. *Su interpretación es básicamente literaria, siguiendo al padre Sigüenza, pues anota el decoro, la ironía, la elegancia... y sólo ve comicidad, humorismo en las censuras anticlericales o en las burlas irreverentes. Lo jocoso sería la clave, no la crítica social, que este investigador no ve en el texto.*

Lázaro termina asentándose. La última frase del libro, en imperfecto, aunque abra la puerta a una posible continuación, no por ello deja de presentarnos al héroe provisto de un «oficio real» y casado, es decir, a un hombre que ha llegado. Pero ¿de qué oficio real se trata? [...]

Tras una experiencia desgraciada al servicio de un alguacil, oficio que encuentra peligroso, Lázaro, por medio de sus protectores, logra el cargo de pregonero. Oficio real, ciertamente; pero, para ser sensible al lado humorístico de este ascenso es preciso saber que era el más ínfimo, el menos brillante de todos [...].

Lázaro pregona los vinos del señor arcipreste de San Salvador. Este último concibe la idea de casar al mozo «con una criada suya», sin renunciar por ello a sus servicios. Lázaro, colmado de beneficios por tal protector, vive entre él y su mujer la más venturosa existencia; acoge con mayor facilidad los consejos filosóficos del arcipreste que los rumores malignos que corren sobre su matrimonio: «Señor —le dije—, yo determiné de arrimarme a los buenos.» Y a los amigos que le cuentan lo que se dice: «Mirá; si sois amigo, no me digáis cosa con que me pese, que no tengo por mi amigo al que me hace pesar. Mayormente si me quieren meter mal con mi mujer...: Que yo juraré sobre la hostia consagrada que es tan buena mujer como vive dentro de las puertas de Toledo, y a quien otra cosa me dijere, yo me mataré con él.» Lázaro, dispuesto a defender con su vieja espada su felicidad más bien que su honor conyugal, es la más graciosa antítesis del honor que nos ofrece la literatura española [...].

La «crítica social» preocupa aún menos a nuestro autor. Uno de los temas favoritos de la crítica social en la España de Carlos V es la plaga de la mendicidad profesional y del vagabundaje. Pues ni siquiera apunta en el episodio del mendigo. Como se recordará, hay en el «Tratado III» una alusión a la lucha contra esta plaga, a propósito de la mendicidad a la que Lázaro se ve reducido por la miseria del escudero: el hambre, aquel año, hace que el Ayuntamiento de Toledo se vea obligado a tomar medidas de expulsión contra los mendigos forasteros. Pero Lázaro, que a menudo es sentencioso y gusta de dar su opinión, se guarda bien de decir una sola palabra sobre la oportunidad del edicto que le amenaza con el látigo. Simplemente, fiel a su carácter (guardando el decoro), nos hace contemplar la adversidad a que se ve reducido, él que había creído que saldría fácilmente del paso con sus dotes de mendigo.

En cuanto al estilo en que Lázaro se expresa y hace hablar a sus interlocutores, sería menester carecer de oído para no percibir la disimulada ironía, bajo la capa de aparente ingenuidad. Lenguaje familiar ciertamente, pero sin la menor sombra de aquel realismo que consistiría en imitar el descuido o la grosería del populacho. Lázaro nos dice que el ciego, entre otras cosas, le enseñó la jerga secreta de los vagabundos. Pero sería vano buscar una sola palabra de tal jerga en su relato. Más bien nos veremos sorprendidos al comprobar el manierismo sobrio con que sabe sazonar la sencillez, mediante algunos juegos de palabras, algunas burlescas aplicaciones de los evangelios, alusiones a hombres ilustres o a personajes literarios proverbiales como Alejandro, Galeno o Santo Tomás, el conde Claros o Macías.

En conclusión, nada que no sea admisible en un hombre de nada que se ha rozado con los «hombres de bien»..., con tal que posea desde su nacimiento un humor y una seguridad de gusto dignas de un gran escritor. ¿No es acaso Cervantes, no es su humor el que percibimos en tales o cuales discursos de Don Quijote o de Sancho? Para todo buen entendedor, Lázaro habla como una figura creada o recreada, no extraída de la realidad.

Marcel Bataillon: *Novedad y fecundidad del «Lazarillo de Tormes»*, Salamanca, Anaya, 1968, pp. 66-70.

3. *La tesis de Molho es radicalmente opuesta a la de Bataillon. Mientras éste defiende una interpretación del* Lazarillo *básicamente cómica, humorística, carente de crítica seria, Molho, creo que con razón, opina lo contrario.*

Sobre el tema de los eclesiásticos, en la época en que fue escrita, debió ser la *Vida de Lazarillo de Tormes* un libro violento, polémico, que lleva su querella con humor, pero hasta el final y sin dar su brazo a torcer. El insolente opúsculo fue prohibido en España a partir de 1559 (subida de Felipe II al trono) [...]. Así las cosas, se decidió la publicación de una nueva edición, expurgada, en 1573. El censor, Juan López de Velasco, fino humanista, sensible como el que más al encanto del *Lazarillo*, dejó casi intacto el viejo texto [...]. Pero el episodio del fraile de la Merced y el falso milagro del predicador de bulas fueron completamente suprimidos.

Qué contraste entre esta moderada expurgación y la censura a la que sometió la Inquisición de Flandes la traducción francesa de la *Vida de Lazarillo de Tormes*, cuando los editores de Amberes trataron de reimprimirla en 1598. Aquí no se censuró, sino que se modificó, a costa a veces de reajustes en extremo torpes. El avariento cura del tratado segundo se convierte en labrador, el capellán de Toledo en un comerciante a quien Lázaro encuentra por la calle y el Arcipreste de San Salvador en «cierto caballero». Numerosos pasajes a los que Juan López de Velasco no había ni tocado son transformados o eliminados. Se estaba aquí en tierra de herejes. Los españoles habían pacificado Flandes a duras penas con la ayuda de los católicos. Pero la revuelta de los «Gueux» no había sido dominada. Por consiguiente, se hacía necesario vigilar para que nada alterase el precario orden mantenido por las armas. De ahí la amplitud y minuciosa pusilanimidad de las modificaciones de Amberes. Quizá pueda deducirse de esto que en período de crisis religiosa, mientras que fermenta la herejía y la fe es atacada públicamente, la *Vida de Lazarillo de Tormes* es algo más que una obra inofensiva [...].

El tercer amo de Lázaro es un escudero que, por todo bien, no posee más que su «hidalguía». Es tan pobre como altivo y de una vanidad conmovedora y ridícula [...]. Su pobreza le salva: entre él y su criado se establece una discreta connivencia, hasta el punto de que Lázaro siente hacia él una benevolencia no habitual. La figura del hidalgo gana aquí en complejidad [...]. El escudero profesa la religión del honor que le prescribe su hidalguía. Honor que, a falta de riqueza, no reposa más que en la opinión de los demás, sobre un «qué dirán» que puede destruirle y no sobre las cualidades de quien de ellas hace alarde. Lázaro, o más bien el autor que se oculta detrás de sus palabras, hace de esta concepción del honor una crítica formal que concuerda con la de los mejores teólogos: «El mayor triunfo de la razón, asegura Alejo Venegas, es vencer al ídolo mayor: que en castellano se dice QUÉ DIRÁN...» [...]. La pasión del honor y del linaje, según Venegas, es causa de pecado. El eco de esta doctrina se percibe en la meditación de Lázaro: «¡Oh, Señor, y cuántos de aquestos debéis Vos tener por el mundo derramados, que padecen, por la negra que llaman honra, lo que por Vos no sufrirían» [...]. ¿Podría ser el *Lazarillo* un libro antinobiliario? Esta pregunta se justifica no sólo porque en él se condena la educación de clase en nombre de la civilidad cristiana, sino también porque pone en entredicho, a través de los conciliábulos del escudero y su criado, el valor moral del honor, propiedad exclusiva de la nobleza, o, al menos, de la hidalguía.

¿Otorga el honor, a quienes lo poseen por nacimiento, el privilegio de una superioridad moral que justifica la superioridad social que ellos se arrogan? Gracias a un hábil artificio del anónimo autor, le corresponde al escudero incoar el proceso moral de la nobleza, en un largo discurso en el que describe sucesivamente todo lo que se encuentra por encima de él en la jerarquía nobiliaria: en primer lugar, los gentileshombres de menor talla, siempre dispuestos a explotar indignamente a sus inferiores, después, las cortes señoriales, en donde amos y servidores rivalizan en bajezas. Nuestro escudero sueña con ser admitido en ellas, pues su mayor ambición, a despecho del honor que profesa, es la de envilecerse en la escuela de la adulación servil: «Pues por ventura, ¿no hay en mí habilidad para servir y contentar a estos? Por Dios, si con él topase... yo sabría mentille tan bien como otro, y agradalle a las mil maravillas...» La vida con la que sueña el hidalgo, y que él juzga digna de su «valerosa persona» equivale, en tanto que estúpida torpeza, a la del gran señor insolente y frívolo que le saca de su cepillada miseria. ¡Admirable página en la que el pobre diablo se incluye a sí mismo en la amarga diatriba que emite contra la nobleza hereditaria!

En definitiva, también el escudero queda como un personaje negativo. Emerge del folklore de las historietas chuscas únicamente con el fin de consagrar, a los ojos del pícaro, el fracaso de una moral de casta: la moral del honor, moral cerrada, que condena el comportamiento de los mismos que la profesan. Linaje y virtud son cosas diferentes. ¿Serán tan incompatibles como el sacerdocio y la caridad?

Maurice Molho: *Introducción al pensamiento picaresco*, Salamanca, Anaya, 1972, pp. 47-54.

A medio camino entre las posiciones de Bataillon y Molho se sitúa el enjuiciamiento de Lázaro Carreter, que no interpreta ni la mera burla artística, ni la sátira social plena, sino el sarcasmo de un «outsider», después de un lúcido análisis sobre la estructura del Lazarillo.

La última frase del prólogo enuncia una de las claves del libro, quizá la más importante; escribe, dice el pregonero, «porque consideren los que heredaron nobles estados cuán poco se les debe, pues fortuna fue con ellos parcial, y cuánto más hicieron los que, siéndoles contraria, con fuerza y maña remando salieron a buen puerto». Se trata de la postrera celada preliminar; en la apariencia, la obrita sale con el propósito de intervenir en uno de los grandes debates del momento, el de cuál sea mejor, el estado adquirido o el heredado. Lázaro se decide por la primera opción [...]. Es un problema, en efecto, que alcanzó por entonces una importancia patológica. Frente al orgullo del linaje, quienes no pueden invocarlo tratan de imponer el del mérito [...]. La cuestión se planteó en términos académicos por Antonio de Torquemada, que dedica uno de sus *Colloquios satíricos* a dilucidar «cuál sea más verdadera honra, la que se gana por el valor y merecimiento de las personas o la que procede en los hombres por la dependencia de sus padres» [...]. Honra es, para ellos [muchos cristianos], presunción, soberbia y vanagloria; pocos («mejor dijera que ninguno») aspiran al honor del alma. No perdonan los ultrajes, aman la venganza, y esto acontece entre sabios y necios, señores y súbditos, ricos y pobres: «Si no, mirad qué honra puede tener un ganapán o una mujer que públicamente vende su cuerpo por pocos dineros, que a estos tales oiréis hablar de su honra y estimarla en tanto, que, cuando pienso en ello, *no puedo dejar de reírme*.»

Torquemada era un moralista erasmiano, pero parece imprimir a sus trenos no pocas modulaciones de converso. Por lo pronto, reírse del pecador es método escasamente apostólico, aunque los pecadores sean un ganapán y una ramera [...]. Continúa su alegato acusando a los predicadores que caen «en este vicio de la honra y vanagloria...»; se burla también de quienes cronometran la prontitud con que se les rinde el bonete, y de quienes se sienten afrentados con el saludo «manténgaos Dios». Son tres motivos que el *Colloquio* comparte con el *Lazarillo*, pero con fin distinto: Torquemada censura abiertamente esos abusos, y su anónimo colega adelgaza tanto la posible censura, que más parece desdén de hombre superior [...]. Se suceden en el *Colloquio* las afirmaciones comprometidas como esta: «No entendemos qué cosa es ser buena y clara la sangre» [...].

El autor del *Lazarillo* parece escribir movido por idéntica convicción. Pero, a diferencia de Torquemada, que fortifica sus argumentos con los de Tulio [Cicerón], él convierte en portavoz de los mismos a su risible criatura. El pregonero toledano, y no el autor oculto, es quien defiende la preeminencia de los triunfadores por su esfuerzo [...]. Y para que la prueba de Lázaro tenga aún menos valor, para que, desde el principio, aparezca reducida al absurdo, el personaje comienza el relato injuriando a su padre y a su madre, que quedarán sin honor cuando el hijo alcance su muy dudosa honra [...].

Sólo a través de esta contemplación del autor como «outsider», como alguien que se pone fuera de la contienda por hastío, aunque era vivamente afectado por ella, admite el *Lazarillo*, para nosotros, aceptable explicación [...]. No es una sátira de la sociedad de su tiempo, en la medida en que parece faltarle ánimo correctivo y amplitud de campo; no parece tampoco una simple obra de arte [...] porque es mucho su ensañamiento y porque los censores contemporáneos, al prohibirla, acusaban su peligro. Es, creemos, el testimonio de un desencanto, la ejemplificación de un ansia colectiva mediante un personaje, en último término grotesco, que rueda por un mundo cruel hacia el deshonor, y al que, sin embargo, no falta aliento para sumar su voz al coro de postulantes de la honra [...].

¿Quién fue este hombre? [...]. ¿Es concebible la imprudencia de lanzar al público una imagen tan insistentemente denigratoria de las gentes de la iglesia, sin una salvedad paliativa? Para colmo, será un arcipreste quien, a ciencia y conciencia, consume la ignominia de Lázaro. Es demasiado para que podamos pensar en un simple propósito burlesco; demasiado también para que sea plausible una intención reformista: sólo se percibe sarcasmo. De ahí que la tesis de don Américo Castro, el cual atribuye la obra a un converso, se imponga como sumamente razonable.

Fernando Lázaro Carreter: «*Lazarillo de Tormes» en la picaresca* Barcelona, Ariel, 1972, pp. 178-184.

5. *En tres líneas, el profesor Lázaro ofrece una no por breve menos acertada definición del* Lazarillo.

La biografía de Lázaro es, por un lado, la verificación sarcástica de una herencia de hábitos, según apuntábamos, y, por otro, la historia de un proceso «educativo» que entrena el alma para el deshonor.

Fernando Lázaro Carreter: *Ibíd.*, p. 103.

6. *Como en mis* Orientaciones *no he incluido ni una sola línea sobre el estilo del* Lazarillo, *inserto ahora las páginas dedicadas a este capítulo por A. Blecua, que constituyen una fiable y espléndida guía al respecto.*

Hemos visto, al tratar de la estructura del *Lazarillo*, cómo su autor se sirve de dos sistemas estructurales distintos que producen un evidente desequilibrio en la constitución de la obra. Estilísticamente el *Lazarillo* no es tampoco uniforme, ni podía serlo porque de otro modo se hubiera perdido todo el artificio, extraordinario, que vertebra la obra: la autobiografía de un personaje de ínfima condición social que pretende justificar cínicamente su deshonra.

Los dos Lázaros, el niño y el pregonero, son dos protagonistas psicológicamente distintos, aun cuando el segundo sea producto y consecuencia del primero. Y esta doble personalidad es advertida de inmediato por el lector sin esfuerzo crítico alguno; por eso simpatiza con el niño desvalido. Con la figura del Lázaro pregonero, vil y cínico, ocurre, en cambio, lo contrario: el lector no se identifica con él, sino con el auténtico autor de la obra con quien se aúna en su desprecio por el personaje. En este sentido el *Lazarillo* puede dividirse en dos partes nítidamente diferenciadas: por un lado, el prólogo, presentación de los padres y los tratados Sexto y Séptimo; por otro, el grueso de la narración, que tiene como protagonista a Lazarillo.

En la parte correspondiente al Lázaro hombre domina lo autobiográfico, lo subjetivo; en la del niño, prevalece, en cambio, la facecia, la anécdota, la descripción más o menos objetiva de la realidad, aunque estos cuentecillos condicionen su comportamiento y estén jalonados por sus introspecciones infantiles.

Esta dualidad, que ha motivado las diversas interpretaciones de la novela y que es producto de la propia estructura de la obra, se refleja, o mejor, se hace patente en los recursos estilísticos de que se sirve el autor. Al escoger la fórmula autobiográfica, se ve obligado a seguir el punto de vista del personaje para no faltar al decoro; pero como este personaje expresa una ideología opuesta a la de su autor, éste sólo cuenta, para indicar cuál es su auténtico pensamiento, con un medio: la ironía. Y, en efecto, toda la parte que tiene como protagonista al Lázaro hombre —prólogo, presentación de los padres y tratados Sexto y Séptimo— está dominada por la ironía y la antífrasis, procedimiento económico, pero difícil, porque depende del contexto. El autor es maestro en el uso de esta figura que consigue incluso por medio tan sutil como es el ritmo de la frase.

El resto del libro, de mayor complejidad estructural, era, sin embargo, más fácil de resolver en el aspecto estilístico. El *Lazarillo* se escribe en una época en que está de moda el relato de facecias y cuentecillos tradicionales, y es también el momento de gran difusión de la Retórica. Los estudiantes practicaban sus conocimientos retóricos relatando en distintos estilos anécdotas, fábulas, dichos y hechos célebres —las llamadas *chrias*—, que se incorporaban como ejemplos o como digresiones en el discurso oratorio. El autor del *Lazarillo* conoce bien esta tradición y se aprovecha hábilmente de ella en el grueso de la obra, constituido, como ya se ha indicado, por numerosas facecias de mayor o menor extensión. En esta parte, la ironía como recurso general cede el paso a todos aquellos artificios que recomendaba la retórica para conseguir la *evidentia* de la narración, esto es, que el lector se represente la escena como si la estuviera viendo. Los recursos retóricos aptos para lograr *evidencias* son numerosos, y a todos ellos acude el anónimo escritor: descripciones minuciosas, o rápidas, según el tipo de anécdotas y su finalidad funcional; discordancias temporales; diálogos, poco significativos, pero que imprimen un tono dramático a la escena; intensificaciones, etc.

Con estos dos procedimientos generales que constituyen la estructura estilística de la obra —siempre supeditada, claro está, a la construcción novelesca—, consigue el autor presentarnos la tesis de su obra —por medio de la ironía— y, a la vez, deleitar al lector con unas facecias narradas verosímilmente, que condiciona, además, el desarrollo psicológico del protagonista. Sin embargo, como en el *Lazarillo* el ingrediente cómico es de gran importancia, su autor acude constantemente a todas aquellas figuras y recursos lingüísticos que puedan provocar la risa en el lector. No tienen otra función las *perífrasis* («queriendo asar al que de ser cocido, por sus deméritos, había escapado»; «al que me mataba de hambre»; «todas aquellas causas se juntaron y fueron causa que lo suyo fuese devuelto a su dueño»); las *antítesis* («el día que enterrábamos, yo vivía»; «acabamos de comer, aunque yo nunca empezaba»; «matábalos por darme a mí vida»); los *zeugmas* («porque verá la falta el que en tanta me hace vivir»; «se fue muy contento, dejándome más a mí»); las *paronomasias* («hará falta faltando»; «En fin, yo me finaba de hambre»; «nueve/nuevas», «Lazarillo/lacerado»; las *deslexicalizaciones* («rehacer no la chaza, sino la endiablada falta»; «por no echar la soga tras el caldero»; «el negro de mi padrastro»).

La estructura de la frase y el ritmo dependen de causas muy diversas. El autor procura evitar el hipérbaton y sólo lo utiliza en contadas ocasiones para conseguir el *homeoptoton* («que en casa del sobredicho Comendador no entrase, ni al lastimado Zaide en la suya acogiese»; «de lo que al presente padecía, remedio no hallaba»), que es, en definitiva, un medio de lograr el *isocolon*, muy grato al escritor («para mostrar cuánta virtud sea saber los hombres subir siendo bajos y dejarse abajar siendo altos cuánto vicio»; «mi trabajosa vida pasada y mi cercana muerte venidera»). Esta figura puede desembocar en la antítesis, como en el último ejemplo, en la gradación («por lo cual fue preso y confesó y no negó y padeció...»), o en la acumulación («allí se me representaron de nuevo mis fatigas y torné a llorar mis trabajos; allí se me vino a la memoria...; en fin, allí lloré mi trabajosa vida pasada y mi cercana muerte venidera»). Suelen aparecer estas figuras en aquellos momentos en que la gravedad de la situación lo exigiría, como en algunas reflexiones del protagonista, gravedad que se matiza de ironía al funcionar en un contexto jocoso y coloquial. Las similicadencias no son frecuentes —menos que el *homeoptoton*— («preñada de mí, tomóle el parto y parióme allí»); sí, en cambio, es característico del estilo del *Lazarillo* el uso de la sinonimia y de la acumulación, que se alcanza por coordinación y yuxtaposición; consigue el autor con estas figuras intensificaciones como las ya señaladas cuando los elementos no son meros sinónimos, pero en otros casos su presencia obedece al deseo de crear un ritmo binario, más armónico y renacentista, y un estilo más abundante: «Y viendo que aquel remedio de la paja no me *aprovechaba* ni *valía*, acordé en el suelo del jarro hacerle una *fuentecilla y agujero sotil*»; «un rostro *humilde* y *devoto*, que con muy buen continente ponía cuando rezaba, sin hacer *gestos* ni *visajes* con *boca* ni *ojos* como otros suelen hacer».

La extensión de la frase depende de la función narrativa que tenga su contenido. Cuando el autor acude a la descripción de una acción, la oración se ramifica, por lo general, en numerosas subordinadas que dependen de una principal situada al final del período, con lo cual se consigue una tensión apropiada al contenido. Como contrapartida, las unidades temáticas pueden cerrarse con una frase breve, de carácter sentencioso, y con frecuencia, con un juego de palabras o una ironía.

El *Lazarillo*, por el decoro del personaje, debe estar escrito en estilo humilde o cómico —«grosero» dirá su protagonista—. Su lengua, al igual que la condición de sus personajes y las situaciones, tiene que mantenerse dentro de los límites permitidos por la retórica. El estilo humilde tiende a una lengua de uso habitual, en la que se permite todo tipo de palabras 'bajas', como *jarro, narices, cogote*, etc., impensables en los otros estilos, así como se exige la presencia frecuente de refranes y de frase hechas, o de barbarismos y solecismos. Son artificios que el autor utiliza sabiamente para dar ese tono coloquial, natural que recorre toda la obra y que produce en el lector la sensación de estar leyendo una epístola hablada. Huye, como Boscán, como Garcilaso, como Valdés, de la afectación, lo que no significa el abandono de la retórica, sino el rechazo de una retórica, la medieval, para aceptar de lleno las normas de Quintiliano. Por eso su vocabulario y su sintaxis se mantienen en un término medio, ni arcaizantes ni innovadores en exceso; por eso gusta del ritmo binario; por eso huye del hipérbaton y busca el *isocolon;* por eso puede escribir un prólogo como el que abre la obra; por eso, en fin, puede salpicar su obra de sales. El *Lazarillo* es renacentista porque sigue a Quintiliano.

> Alberto Blecua: «Introducción» a *La vida de Lazarillo de Tormes y de sus fortunas y adversidades*, Madrid, Castalia, 1974, pp. 38-44.

[7]. *El fragmento que incluyo a continuación es de gran interés, porque argumenta en contra de la interpretación que he sugerido en las* Orientaciones. *Su autor, Víctor García de la Concha, no está de acuerdo ni con el carácter crítico de la novela, ni con el erasmismo, ni con la heterodoxia religiosa, ni con el hecho de que su creador pudiera ser converso; y ello porque ve, básicamente, una intencionalidad meramente artística.*

Hablamos del Dios de Lázaro. Pero ¿es Él, realmente, el Dios de los cristianos? Américo Castro anota la ausencia, en un lenguaje tan popular como el del *Lazarillo*, de los nombres de Jesús, la Trinidad y María, así como la escasez del santoral. Esto significaría, según él, «dejar en hueco lo que en el cristianismo no es común con la religión mosaica». He rastreado cuidadosamente *La Celestina, La Lozana* y la *Propalladia* [...]. Los datos obtenidos en este cotejo privan de fuerza argumental la advertencia de Castro. En efecto, no se puede afirmar documentalmente que en todas y cada una de las obras literarias del xvi abunde la onomástica religiosa. Desde luego, el vocablo que con más frecuencia se utiliza es «Dios»;

«Jesús», «María» y los santos aparecen —siempre, nótese bien, lexicalizados en exclamaciones— de forma esporádica y circunscrita a la expresividad coloquial concreta de algún protagonista.

Muchos críticos quieren ver reflejada la peculiar religiosidad de Lázaro y del *Lazarillo* en general en su actitud ante la Eucaristía. Suelen aducirse en este punto tres pruebas de falta de fe (Castro, Gilman) o de una fe heterodoxa (M. J. Asensio, Márquez Villanueva, Piper, entre otros): el desinterés de Lázaro por la Misa, la parodia eucarística del arcaz y el juramento sobre la hostia consagrada. Contemplemos cada una por separado. Se condensa la primera de ellas en la observación, hecha en primer lugar por Castro y que muchos comparten, de que cuando Lazarillo topa con el escudero y le acompaña a la iglesia, dice: «le vi oír Misa» pero no dice que la oyera él: luego no cree en la Eucaristía. Con todos los respetos, entiendo que tal interpretación constituye una clara extrapolación de contexto. Aplazo por un momento la explicación de cómo el dato «muy devotamente le vi oír misa« se inscribe en el proceso descriptivo de observación y juicios que Lázaro va haciendo sobre el escudero, en el desvelamiento del *ser* bajo el *parecer*.

No es difícil —y mucho menos debía serlo en el siglo XVI— descubrir en el episodio del arcaz una relación paródica con la eucaristía: hay un arcaz-sagrario, donde están reservados los bodigos en los que Lázaro ve la «cara de Dios» y a los que adora sin osar recibir; el clérigo guarda celosamente la llave de este tabernáculo, pero un ángel enviado por Dios, el calderero, abre a Lázaro las puertas del paraíso. A. C. Piper va aún más lejos y estruja al máximo el contenido simbólico potencial de estos y otros elementos que, a su juicio, destilan una virulenta sátira eclesiástica. En el episodio, explica, contienden la Iglesia oficial, representada por el clérigo, y el pueblo de los pobres, que busca a Dios por los caminos marginales del iluminismo. Lázaro, el pobre, esta «excomulgado» de la participación eucarística y el clérigo, falto de caridad, le priva del pan de vida, profanando las palabras del Señor en la Última Cena: «toma, come, triunfa, que para ti es el mundo». Dios envía su ángel a socorrerle y Lázaro entra en el Paraíso. Todo parece resuelto. Pero la Iglesia oficial es fuerte y ve en ello un pecado de herejía: Lázaro será, así, expulsado del Paraíso, precisamente traicionado por el silbo de la llave-serpiente genesíaca [...].

Este maximalismo interpretativo, como el construido de manera análoga por Weiner, resultan excesivos. No parece, en efecto, coherente el que Dios se alíe primero con Lázaro y en seguida con sus enemigos. Tampoco son admisibles algunas de las referencias simbólicas establecidas. Fue Cejador el primero en relacionar las palabras del clérigo de Maqueda con las de Cristo en el Cenáculo (Mat. 26, 26 y s.). Pero ni la semejanza textual parece estrecha ni se ajusta al contexto inmediato de la novela, ya que la parodia eucarística propiamente dicha comienza más adelante. En ambos sentidos, textual y contextual, las palabras del cruel sacerdote evocan más de cerca aquellas del rico avaro: «Hombre, tienes bienes acumulados para muchos años: túmbate, come, bebe y date buena vida» (Luc. 12, 19). Todo se relativiza más aún al comprobar que se trata de un topos, señalado ya por F. Rico [...]. Tampoco debe especularse mucho con las reiteradas anteposiciones de «como dicen», «ansí dicen», al sintagma «cara de Dios»; se trata de engarzar en la parodia una costumbre popular documentada por Correas y que debía de estar muy extendida [..].

Y con todo, a pesar de estas interpretaciones restrictivas, ¿no nos encontramos aquí con una sacrílega profanación, reveladora de increencia o herejía? Digamos, ante todo, que según documenta el propio E. Asensio, el pueblo del xvi, muy habituado a la alegorización de textos sacros, adivinaba en seguida la relación de un hecho o situación con Cristo o la liturgia. «Por mucho que nos choque, afirma, raros eran los que se escandalizaban de que el poeta calcase la Pasión de Cristo sobre el texto que celebraba la pasión, azotes y afrentas de un ladrón como Escarramán.» Recordemos que Quevedo en el *Buscón* teje la descripción de las novatadas de Alcalá sobre el cañamazo de la narración evangélica de las afrentas de Cristo. La glosa y el doble juego, paródicos, con textos bíblicos o litúrgicos son abundantísimos en las obras que vengo cotejando [...]. Así, dentro de tal contexto general, la parodia del tratado II del *Lazarillo*, tejida de elementos folklóricos, es sólo una más y bien discreta por cierto.

Por último el juramento de Lázaro con que culmina la novela ha de ser también valorado en su precisa significación estructural y de acuerdo con los usos del tiempo. Ya hemos puesto de relieve los factores que promueven la decisión de no decir ni admitir nada que pueda poner en peligro la estabilidad. Cuando alguien, con mejor o peor intención, aborde el tema, él le atajará con un párrafo hecho, cuyo esquema conviene analizar. Es una bravata que se desarrolla con intensidad creciente, en tres tiempos temáticos cuyo denominador común es el de producir un engaño a los ojos: A) afirma que «mi mujer es la cosa del mundo que yo más quiero, y la amo más que a mí, y me hace Dios con ella mil mercedes», cuando, en realidad —y el lector lo sabe—, se ha casado con ella por el interés; B) se declara presto a poner a Dios por testigo de algo que, tal como se enuncia, es absolutamente ambiguo: su verdad o mentira penden del desciframiento que se haga de la literalidad; C) el muchacho que siempre rehuyó la violencia, a favor de la astucia y despreció los litigios de honor, desafía, valentón, a quien ose empañar la menos que dudosa honra de su mujer: «quien otra cosa me dixese, yo me mataré con él». Tres soberanas mentiras, en defensa de su honorable situación. Por lo que hace a la segunda, el pecado consiste en utilizar a Dios como señuelo para el engaño del incauto que no penetre en el sentido real encubierto bajo el enunciado ambiguo. Pero en esa línea, el 'pecado' de Lázaro no difiere de los del ciego, el clérigo, el hidalgo o el buldero; en todos ellos la religiosidad es instrumentada al servicio de particulares situaciones y **negocios**, y de ambos caracteres participa el caso matrimonial de Lázaro de Tormes. Nada añade en gravedad el que la fórmula del juramento utilice la referencia eucarística: se trataba de una fórmula usual más [...]. Y un último dato, de diverso signo, más revelador. Cuando el Inquisidor General Valdés Salas se resiste a ayudar a la Hacienda Real en la cuantía económica que el Emperador le exige, Carlos V envía al contador Hernando de Ochoa para negociar. En el forcejeo de la entrevista —escribe Ochoa— el arzobispo «díjome *delante de un sacramento* que los diablos le llevasen, si nunca tuvo cien mil ducados juntos». ¿No alude, con claridad, a un juramento eucarístico? Hay que descartar, en conclusión, los pretendidos indicios de una incredulidad o de fe heterodoxa de Lázaro en la Eucaristía.

Víctor García de la Concha: *Nueva lectura del «Lazarillo»*, Madrid, Castalia, 1981, pp. 167-174.

Orientaciones para el estudio del *Lazarillo de Tormes*

1. Relaciones constructivas entre el «prólogo»
   y el «caso»

Lo primero que encuentra el lector del *Lazarillo*, apenas iniciada su lectura, es un prólogo inusual, ya que no se trata de ningún añadido postizo a la narración, sino que, al contrario, está perfectamente ligado a ella, y es, más bien, una evidente prolongación del relato autobiográfico. ¿Por qué? ¿Con qué finalidad? Véase **2.**

Si ello es así, la importancia del prólogo habrá de ser capital para entender cabalmente la estructura y el sentido de la novela —por ahora nos centraremos sólo en el primer punto—.

¿Podemos afirmar que, desde una perspectiva morfológica, el prólogo se liga indisolublemente a la narración por el hecho de presentarla como una carta autobiográfica escrita para contestar a un determinado ruego? ¿Qué importancia estructural tiene que el *Lazarillo* sea una carta, una epístola, o no lo sea? ¿Qué elementos se modifican por el hecho de serlo? Porque, obviamente, es una carta: «Y pues Vuestra Merced *escribe se le escriba* y relate *el caso* muy por extenso, parescióme no tomalle por el medio, sino del principio, porque se tenga entera noticia de mi persona.» Gracias a esta declaración prologal, sabemos que Lázaro cuenta su vida para responder a una petición que se le ha hecho, y por ello jalona su narración de apelaciones directas al destinatario de la misiva: «Sepa Vuestra Merced...», «Huelgo de contar a Vuestra Merced...», «Por que vea Vuestra Merced...», etc. Ahora bien, le han pedido que relate *el caso*, pero no toda su vida, aunque Lazarillo decida narrar toda su autobiografía, a fin de que se tenga entera noticia de su persona.

Hay, pues, ya en el prólogo, cuando menos tres cuestiones fundamentales planteadas que todo lector debe hacerse: *a*) ¿Quién es *Vuestra Merced*? *b*) ¿Cuál es el «caso» cuya relación solicita de Lázaro?, y *c*) ¿Por qué el pícaro no se limita a contar sólo lo que le han pedido y narra toda su vida?

a) No sabemos quién es *Vuestra Merced*, pero sí que ocupa un lugar más o menos elevado en la jerarquía social (quizá en la eclesial), puesto que su categoría es superior a la del propio arcipreste de San Salvador, a juzgar por lo que dice Lázaro en el último tratado de su autobiografía: «... el señor arcipreste de Sant Salvador, mi señor, y servidor y amigo de Vuestra Merced.»

Así pues, el destinatario de la epístola, aunque incógnito, es una persona de elevado rango social. Y ello, ¿por qué? ¿Para que Lázaro tenga un pretexto, una justificación suficientemente válida como para contar toda su vida, al exigirle un señor, una autoridad, que narre el caso?; ¿o para que la novela tenga una necesaria perspectiva señorial de lectura, dada por el hecho concreto de ser una carta dirigida a un señor? ¿Es una guía de interpretación, pues, o una justificación de la osadía que lleva a un desheredado a relatar toda su vida?; ¿o ambas cosas simultáneamente? Medítese sobre esto, una vez finalizada la lectura de la narración, y probablemente se entenderá mejor.

b) ¿Y el caso? ¿Cuál es el caso que esa desconocida autoridad social o eclesiástica solicita al pícaro que le cuente? Es obvio que, si el relato del caso es una exigencia de ese anónimo Vuestra Merced, aquel debió de suceder en el momento en que Lázaro y su señor llegaron a conocerse, esto es, al final del libro. También parece lógico pensar que el caso sea una situación un tanto ambigua y atractiva, lo suficiente, al menos, como para interesar en ella, en su aclaración cabal, a una jerarquía. Es decir, parece claro que el caso es el ambiente de murmuraciones y habladurías en torno al más que probable adulterio de la mujer del pícaro con el arcipreste de San Salvador, tolerado complacientemente por el antihéroe, marido «cartujo» de hecho, aunque negado, simultáneamente, ante los demás. Es, pues, un caso de honra, pero se presenta con una evidente dualidad contradictoria, pues el pícaro niega ante la sociedad lo que acepta gustoso en su interior: el adulterio de su fémina. ¿Por qué? La adecuada respuesta a esta pregunta es la clave de la novela, cuya coherencia se muestra ya como magistral, puesto que coinciden en ella el lector real, fuera del texto, y el destinatario, Vuestra Merced, dentro de él, al ser necesariamente idéntica en ambos casos. ¿Por qué, reitero, la ambigüedad y la dualidad del caso del *Lazarillo?* Y si para responder a esta cuestión se precisa una óptica señorial —la misma en el lector y en Vuestra Merced—, ¿con qué fin? ¿Cuál es el sentido y la trascendencia del *Lazarillo*, a partir de tales interrogantes?

c) Queda aún por resolver la tercera de las cuestiones que planteábamos anteriormente: ¿Por qué el pícaro no se limita a contar sólo lo que le han pedido y narra toda su vida? En primer lugar, desde un punto de vista histórico-literario, la autobiografía completa de un ser humilde no tenía precedentes; por lo cual, el caso, cuya narración había sido exigida por alguien que tenía autoridad para hacerlo (su señor), sirve de justificación para que Lázaro cuente su vida; pues, de no haber sido así, ¿con qué motivo un pobrete de la más baja estofa podía atreverse a narrar su existencia?

No obstante, si admitiéramos únicamente tal explicación historicista, podríamos llegar a confundirnos, pues, conforme a ella, el caso habría sido un mero pretexto para que el antihéroe relatara su autobiografía entera, con una intencionalidad quizá costumbrista y descriptiva, o quizá satírica y censora. Y es que se hace imprescindible plantearse ahora la siguiente disyuntiva: ¿Es el caso un puro pretexto para que el pícaro relate sus andanzas? ¿O, más bien al contrario, es imprescindible la narración completa de su autobiografía para explicar plenamente el extraño y contradictorio caso? Expresado en otros términos: ¿El caso es una simple anécdota, o es el centro axial, el núcleo básico de la autobiografía de Lázaro de Tormes?

Si consideramos que el caso es el eje constructivo de la novela en su totalidad, el episodio que, situado al final de la epístola, da sentido, explica, justifica y cohesiona todo lo anterior, entonces habría que preguntarse si las demás partes del relato se subordinan a él una a una, radial e independientemente, o como conjunto de experiencias que se van sumando de manera progresiva y gradual.

A fin de reflexionar adecuadamente sobre estas cuestiones, se deben tener en cuenta las siguientes consideraciones:

— Ya el primer epişodio en compañía del ciego —la «calabaza-da» contra el toro de piedra del puente salmantino— se encuentra relacionado con el caso, puesto que el pícaro no sólo aprende que se encuentra ante un mundo hostil, sino que, inmediatamente, apela a *Vuestra Merced*, poniendo esta anécdota en función del caso final, al decir: «Huelgo de contar a Vuestra Merced estas niñerías para mostrar cuánta virtud sea saber los hombres subir siendo bajos, y dejarse bajar siendo altos cuánto vicio.» Estas palabras engarzan sin duda con el caso, pues el antihéroe se encuentra en él «en la cumbre de toda buena fortuna», convencido de haber escalado algunos peldaños de la pirámide social.

— Del mismo modo, podemos observar la ligazón existente entre el final de la epístola y el suceso del vino, por virtud del cual el pícaro recibe un jarrazo, sí, pero es inmediatamente curado por el ciego con el mismo mosto que había causado su desgracia. Su primer amo le profetiza (después del trueque de la longaniza por el nabo): «Yo te digo... que si un hombre en el mundo ha de ser bienaventurado con el vino, que serás tú.» Y, de esta manera, imbrica el episodio con el caso final, porque en él Lázaro es pregonero de los vinos del arcipreste, gracias a lo cual ha logrado bienestar y «bienaventuranza» material, como le vaticinó el ciego.

— El invidente, por medio de sus enseñanzas, hace en cierta medida posible que el pícaro entre después al servicio del clérigo de Maqueda, merced a que le había mostrado, entre otras muchas cosas, la manera de ayudar a celebrar la misa. Gracias, además, a sus lecciones de ingenio y astucia, Lazarillo logra sobrevivir en compañía del avaro y mezquino religioso. Este continúa el ejemplo de egoísmo y ruindad que el ciego había comenzado, aunque el hambre que el mozo sufre con él se contrapesa y explica con los alimentos que el otro eclesiástico, el arcipreste del caso, le da abundantemente. El pan que uno le escatima tiene su justificación estructural y semántica en el que el otro le ofrece sin tasa.

En fin, si todos los episodios de esta genial autobiografía encuentran su pleno sentido cuando se proyectan sobre el caso final aglutinador y axial, entonces: ¿qué aprende Lázaro con el escudero?; ¿qué le enseña el buldero?; ¿qué le aportan sus experiencias con el mercedario o el capellán? Véanse **21, 23, 34** y **37.** Y una vez solventadas estas interrogantes concretas, relaciónense con las preguntas generales y básicas que formulábamos anteriormente.

2. La estructura y sus problemas

Una vez sentado el precedente de la indisoluble y coherente unidad global de la novela —espero que el lector haya llegado a esta conclusión por sus propios medios—, podemos pasar a analizar sus problemas constructivos.

Estos se centran, básicamente, en las divergencias de toda índole que separan a los tres primeros tratados de los tres siguientes. Los episodios del ciego, clérigo de Maqueda y escudero están interrelacionados y forman un bloque tan claramente diferenciado del resto, que parece haber un hiato, una ruptura del esquema compositivo de la narración a partir de él. Y ello porque los capítulos IV, V y VI —dejando el VII aparte, por ser el núcleo del conjunto, al centrarse en el caso— son de muy desigual extensión, desarrollo y calidad estética. La problemática se aglutina, por una parte, en torno a los episodios del mercedario (IV) y del capellán (VI), que sólo tienen alrededor de diez y veinte líneas, respectivamente, y por otra, en el del buldero (V), que siendo de extensión y valor similar al de los tres primeros, aparece inmerso entre los dos esbozos de capítulo mencionados, por lo que se hace necesario analizar su ubicación y cometido.

Lo que vamos a denominar primera parte (tratados I, II y III) forma un conjunto con unidad propia, lograda mediante la sabia utilización de gradaciones y paralelos internos. Hay, en efecto, un progresivo aumento del hambre que sufre Lázaro desde el ciego hasta el escudero, pasando por el clérigo. El descenso gradual de alimentos está inteligentemente realizado, pues si con el ciego pasa hambre, con el religioso desciende desde un bodigo entero, que se come al abrir el arca, hasta unas migajas que va poco a poco reduciendo a límites que rozan lo inverosímil, los cuales dan genial entrada a la ausencia total de víveres que hay en casa del hidalgo toledano.

La unidad de los tres tratados está magistralmente marcada por los comentarios que sobre la gradual mezquindad de sus primeros amos hace el protagonista. Así, nada más iniciarse al servicio del eclesiástico, dice: «Escapé del trueno y di en el relámpago, porque era el ciego para con éste un Alejandre Magno, con ser la mesma avaricia, como he contado.» Palabras que ligan estructural y semánticamente los dos primeros capítulos, conforme a la gradación apuntada. Más adelante —dentro del mismo episodio del clérigo—, Lázaro predice su funesto porvenir con el escudero, en otra frase que muestra con nitidez la unión descendente de los tres tratados (véase **12**). Cuando, en efecto, entre al servicio del escudero, el pícaro recordará su vaticinio, al percatarse de la carencia absoluta de alimentos que hay en la mansión del hidalgo («allí se me vino a la memoria la consideración que hacía cuando me pensaba ir del clérigo...»); y no sólo no podrá comer nada de su amo, sino que tendrá incluso que mendigar para alimentarlo. Así engarza el antihéroe su desventura progresiva: «Contemplaba yo muchas veces mi desastre, que escapando de los amos ruines que había tenido, y buscando mejoría, viniese a topar con quien no sólo no me mantuviese, mas a quien yo había de mantener.» Véanse **13** y **20**.

Existen, además, otros elementos morfológicos de unión y gradación, pues mientras en el primer tratado el mozo abandona al amo, en el segundo el amo despide al mozo, y, en el tercero, para cerrar el ciclo, el amo abandona al mozo y escapa. Por otro lado, el episodio del ciego termina de manera abrupta, como corresponde a un cuento folklórico; el del clérigo prolonga algo más el final, durante los días que pasa Lazarillo en cama; y el tercero, de modo ya más literario que folklórico, alarga todavía más la conclusión, gracias al episodio de los acreedores del hidalgo y a la reflexión final del pícaro.

La estructura claramente fabliellesca del primer capítulo —en el que amo y mozo funcionan, alternativamente, como «figuras» de burlador y burlado, en sus respectivas trapacerías— prosigue su andadura en el segundo bastante atenuada, para desaparecer por completo en el tercero, donde ni Lazarillo trampea a su amo, ni éste a aquél. La superación paulatina de ese módulo de cuentecillo tradicional risible inicial demuestra, desde otra perspectiva, la originalidad que la novela proyecta sobre sus modelos folklóricos, al tiempo que resalta la pugna que sostiene con ellos.

Así pues, como quiera que el esquema fuertemente trabado, unitario y compacto de los tres tratados iniciales deje de funcionar y se interrumpa justo a partir del cuarto, se hace necesario explicar las causas de esa ruptura estructural.

Entre otras muchas, hay dos explicaciones particularmente lúcidas, aunque distintas, acerca del problema planteado, que nos van a servir de base para reflexionar. La primera, de carácter histórico (F. Lázaro Carreter), afirma que se trata de una sutura mal realizada entre dos tradiciones constructivas diversas, folklórica, una, y básicamente literaria, la otra. El autor del *Lazarillo*, en búsqueda de nuevas fórmulas narrativas, fundió con habilidad la ley folklórica de estructuración coherente y articulada en tres partes con el esquema libresco de episodios en sarta —enlazados sin orden ni jerarquía—, logrando así ese conjunto magnífico constituido por los tres primeros capítulos. Sin embargo, cuando pasó del tres, y le faltó por ello el módulo tradicional, no supo o no quiso superar la composición de episodios en serie desarticulada, y utilizó entonces dicho esquema manido, sin más aditamentos.

La segunda opinión (Francisco Rico), sostiene que el corte morfológico se debe a un cambio de ritmo narrativo (el paso de un primer *tempo* moroso a otro más acelerado), originado por el hecho de que Lázaro ha culminado su fase de aprendizaje con el escudero, y se ha convertido en adulto, definido ya con los rasgos que justifican su situación posterior en el caso. Por ello, aumenta la rapidez novelesca, mediante la acentuación, a partir de ese momento, del criterio selectivo —que ha estado siempre presente: véanse **7** y **8**—, y se relatan sólo los fragmentos de la autobiografía que tienen importancia para explicar el deshonroso estado final del pícaro de manera muy directa. Por virtud de la selección, la obra se hace dinámica y sintética, lo que explica la suma brevedad de los tratados IV y VI.

¿Hay, pues, ruptura de la composición o no? ¿Se trata de un cambio marcado estructuralmente en el sesgo de la autobiografía, o de la incapacidad de continuar el esquema inicial de la misma? ¿Es una aceleración del *tempo* narrativo? ¿Es la imposibilidad de superar el módulo folklórico de la construcción en tres partes? El lector debe pensar en todas estas preguntas, teniendo en cuenta el análisis de los capítulos aún no estudiados. Es conveniente también que se plantee nuevas interrogantes, del tipo de las siguientes: ¿Un escritor que ha pergeñado con maestría consumada los tres primeros tratados puede venirse abajo sólo por el hecho de traspasar la barrera compositiva tradicional del tres? ¿Parece esto lógico y probable?; por otra parte, ¿no podría existir un segundo agrupamiento en torno al tres? ¿No forman una segunda parte subdividida en tres, como la primera, los tratados IV, V y VI?

No sé si sería disparatado pensar que, aunque a considerable distancia estética de la primera parte, existe una segunda parte —capítulos IV, V y VI— concebida también de manera unitaria, si bien la unidad queda apenas apuntada, en puro esbozo sin desarrollar. Y es que debemos reflexionar teniendo presentes las siguientes consideraciones:

— Los tres tratados aducidos están presididos por la misma intencionalidad crítica anticlerical, centrados en la censura de religiosos (mercedario, buldero y capellán) cuya vida no es precisamente ejemplar (el maestro de pintar panderos, posible escollo de esta argumentación, no creo que lo sea, pues no es más que un nombre, una mera referencia sin anécdota siquiera).

— En el tratado IV se inicia, desde luego, una nueva etapa de la vida de Lazarillo de Tormes, pues comienza su ascenso social —clave interpretativa de la novela—, gracias a los zapatos que le compra el fraile de la Merced: «los primeros zapatos que rompí en mi vida» —dice el muchacho—. Es decir, por vez primera el pícaro ha llevado los pies calzados, con lo que ha dado principio su alejamiento de la mendicidad en que había vivido hasta ese momento; pues no otra cosa que un mendigo había sido en los capítulos anteriores, sirviendo de mozo sólo por la comida —escasa, por cierto— y la cama, lo que no es más que una variante de la pordiosería, o pidiendo directamente limosna con el ciego, entre

Escalona y Maqueda, a su llegada a Toledo, y para él o para el escudero, después de entrar a su servicio.

— El tenue inicio de medro apuntado en el tratado IV se acentúa y corrobora en el VI, donde, al servicio del capellán, Lázaro sube «el primer escalón... para venir a alcanzar buena vida», ya que consigue reunir el dinero necesario para vestirse de hombre de bien («ahorré para me vestir muy honradamente»), y compra, aunque viejos, jubón, sayo, capa y espada.

— El capítulo V, que narra el episodio del buldero, se construye otra vez con estructura fabliellesca, al modo del I y, en parte, del II —ciego y clérigo de Maqueda, respectivamente—, sólo que Lázaro ahora deja de ser «figura» del cuadro, para convertirse en mero espectador del mismo. Dicha coincidencia morfológica liga ambas experiencias, en tanto en cuanto la burla que el pícaro contempla ahora se relaciona con las que protagonizara antes: el éxito de los tramposos actuales (buldero y alguacil), proyectado así sobre el fracaso de Lázaro como burlador —confirmado por el testarazo que le propinara el clérigo de Maqueda—, muestra definitivamente su incapacidad para ser burlador de oficio. Por eso se produce un cambio fundamental en su psicología, y en el tratado siguiente le vemos convertido en un «hombre de bien» que trabaja como aguador para ganarse la vida y vestirse honradamente, abandonada ya completamente la senda de las burlas. Ello explica su boda posterior y, en definitiva, el «caso» nuclear.

De modo que, si bien menos trabada que la primera, la segunda parte del *Lazarillo* tiene cierta unidad, basada en los siguientes elementos: 1) Lázaro elige a sus amos y no acepta, como en los tres primeros capítulos, al primero que encuentra. 2) Deja de ser un mendigo. 3) No pasa hambre, con lo que ésta ha dejado de ser el motor fundamental de acciones que era. 4) Va ascendiendo paulatinamente hasta llegar a subir «el primer escalón» de la «buena vida». 5) Abandona definitivamente el camino de las tretas ingeniosas, para vivir conforme a los cánones de la «decencia» usual en la época. 6) Y todo ello, porque ha concluido su aprendizaje y se ha transformado en adulto, a partir del tratado IV. 7) Sin olvidar que todos sus amos son ahora religiosos, en lugar de pertenecer a diversas clases sociales, como sucedía en la primera parte, en la que junto a un **eclesiástico** —clérigo de Maqueda—, aparecían un noble —escudero— y un hombre del pueblo —ciego—.

Conocidos los datos fundamentales, el lector debe pensar si le convence alguna de las soluciones ofrecidas al problema estructural, o si tiene la suya propia, siempre que su argumentación sea plausible: ¿Hay un hiato constructivo? ¿No lo hay? ¿Es una sencilla acentuación del criterio selectivo simultánea de una aceleración del dinamismo novelesco? ¿Se trata de una incapacidad de superar el esquema folklórico del tres? ¿Es, más bien, el resalte morfológico de una nueva etapa de la autobiografía, pero se mantiene el módulo del tres en una segunda parte?

3. Composición y visión del mundo: el sentido crítico del *Lazarillo*

En todo caso, sea cual sea la respuesta a la cuestión anterior, lo verdaderamente capital es que aún permanece sin solución una interrogante de importancia axial: ¿por qué tres capítulos para tan exigua materia novelesca, y no uno solo? ¿Por qué diferenciar los tratados IV y VI, si sólo tienen, respectivamente, diez y veinte líneas de texto? ¿Por qué no integrarlos en un solo capítulo, junto al episodio del buldero, ya que ese hipotético tratado no habría tenido una extensión superior a la de los tres anteriores? Creo que la explicación de tan extraña segmentación en tres tratados es fundamental para el cabal entendimiento de la novela, ya que no puede ser gratuita ni casual, y debe estar forzosamente ligada al brusco cambio estructural que se produce con la aparición del brevísimo episodio del fraile de la Merced.

En mi opinión, el autor del *Lazarillo* dedicó un capítulo excesivamente corto al mercedario, y otro similar al capellán, con el fin de llamar insistentemente la atención del lector sobre ellos. Es obvio que, tras el largo tratado del escudero (III), las noventa y cuatro palabras que constituyen el del mercedario —partículas incluidas— implican una poderosa marca morfológica, una llamada estructural de atención que le destaca nítidamente del resto, al igual que sucede con el tratado VI, situado entre dos mucho más extensos.

Por otra parte, el tratado V supone también una nueva perspectiva narrativa, puesto que en él Lázaro es un mero espectador que contempla, sin intervenir, el falso milagro de la bula. El pícaro no actúa ahora, sino que observa y relata un suceso, que los lectores sólo ven a través de sus palabras. Es decir, que resalta constructivamente un episodio, aunque de manera distinta a la de los capítulos IV y VI.

De modo que, en los tres casos, se trata de remarcar, destacar e indicar al lector con claridad, si bien por medios morfológicos y técnicos, que algo diferente comienza a desarrollarse ahora, que algo nuevo surge, y ello porque los resaltes estructurales funcionan novelescamente como los focos en el teatro: iluminando con especial intensidad unas determinadas parcelas de la narración.

La pregunta inmediata es evidente: ¿Para qué? ¿Con qué intención? Literalmente, también la respuesta parece obvia, a lo que creo: el nuevo enfoque corrobora, a nivel compositivo y formal, la existencia de un conjunto diferente, de una parte distinta a la anterior, correspondiente a la nueva etapa que inicia ahora la vida del pícaro: su ascenso de categoría social hacia «la cumbre de toda buena fortuna».

Pero, ¿por qué se dirige la atención del lector hacia la fase ascensional de Lazarillo? ¿Con qué objeto? ¿Qué pretende el autor con ello? Para responder a estas cuestiones hemos de tener presentes dos hechos fundamentales —además del archicitado caso de honra final—; a saber: 1) que la subida hacia el bienestar material de Lázaro va ligada exclusivamente a la clerecía, pues tiene lugar sólo cuando el antihéroe sirve a diversos amos eclesiásticos. 2) Que la crítica más dura del relato se proyecta asimismo sobre los religiosos —de ahí que el pícaro pase, por un momento, a ser espectador, a situarse en el lugar del lector—, y no sólo por las fuertes diatribas morales que sobre cada uno de ellos se realizan, sino, sobre todo, porque la escalada material y social del protagonista lleva aneja un simultáneo descenso moral.

3.1. *El* Lazarillo *ante el problema de la caridad*

Ambos hechos son de capital importancia, porque durante su *aprendizaje* (tratados I, II y III), a pesar de estar claramente condicionado por su herencia abyecta, a pesar de sufrir de continuo una experiencia de la vida absolutamente negativa, llena de malos tratos, humillaciones y hambre, Lázaro de Tormes conserva en su alma un mínimo de bondad y moralidad. Como demuestra el hecho de que sea un mendigo ejemplar, que sólo pide limosna cuando no tiene amo, ni salario, ni qué llevarse a la boca; pero que, en caso contrario, aunque padezca hambre atroz —como sucede mientras vive al servicio del clérigo de Maqueda—, jamás mendiga, actuando así conforme a las recomendaciones de fray Domingo de Soto. De manera semejante, el pícaro alimenta al escudero, al percatarse de su apetito, sin humillarlo, siguiendo en ello los consejos de Luis Vives, según los cuales no se debía esperar a que los nobles hicieran explícitas sus necesidades, sino que habían de adivinarse y socorrerse ocultamente. Es decir, Lázaro —junto con las «mujercillas» que le dan de comer en Toledo— es el único ser de la novela que ejerce la caridad; y ello, no obstante la carencia absoluta de dicha virtud que tienen sus amos. Véase **29.**

De este modo, el relato da a entender dos aspectos fundamentales de su crítica; a saber:

a) Que, como ha dicho M. Molho, «la sociedad de los ricos se excluye de la caridad... que, en definitiva... es asunto de los pobres y que no se trata más que entre pobres». Lo cual, frente a los numerosos escritos y proyectos que pretendían reformar la mendicidad, mediante, entre otras muchas, medidas capaces de discernir con rigor a los pobres auténticos de los fingidos y falsos (véase *Introducción*, II, 1. 1), dando cédulas de identificación a los verdaderos y obligándoles a pedir limosna en sus lugares de origen, etc.; frente a estas fórmulas reformistas, repito, hace de la novela una «discreta réplica, no menos pesimista que cristiana, al comentario de los doctos sobre la organización de la beneficencia»: no es un asunto de leyes, ordenanzas ni pragmáticas, parece querernos decir el autor, sino de que los que debían soportar el peso de la caridad, los ricos, no lo hacen. A partir de ahí, cualquier reforma de la beneficencia está condenada al fracaso.

b) El segundo y capital aspecto que se resalta es que Lazarillo es capaz de ser caritativo en contra de las adversas circunstancias de ambiente y herencia que le rodean, es capaz de conservar una pequeña porción de moralidad cristiana durante su aprendizaje, practicando la caridad en el instante mismo en que está concluyéndolo, al servicio del hidalgo. Sin embargo, a partir de ese momento, comienza a prevalecer su afán de medro, se relaciona especialmente con la clerecía, con la iglesia y, curiosamente, y a pesar de ello, nunca más vuelve a practicar virtud cristiana alguna.

3.2. Una iglesia inmoralizadora

Aquí se halla, a lo que creo, una de las claves significativas de la obra, pues justo cuando la mayor parte de sus amos —y, desde luego, todos los que influyen en su personalidad— son religiosos; esto es, cuando esperaríamos el inicio de una evolución moralizadora en el pícaro, tiene lugar la involución contraria, y el personaje va haciéndose cada vez más inmoral (aunque no se observe este devenir, está implícito en los resultados del tratado VII y su enorme distancia con la actitud que el muchacho adoptara en el episodio del escudero), a medida que va accediendo a «la cumbre de toda buena fortuna», a medida que va escalando —irónicamente— la pirámide del bienestar, llegando, simultáneamente, a la cúspide de la inmoralidad y de la seguridad material en el «caso», bajo el amparo tutelar, claro es, de un clérigo.

La consecuencia que se induce de esto es clara: los eclesiásticos, en lugar de moralizar cristianamente, como es su deber, inmoralizan aún más al niño, pues no vuelve a ser caritativo. La clerecía es, pues, lo opuesto a lo que debería ser: inmoralizante y deseducadora, ya que no sólo no enseña bien, sino que malogra las virtudes naturales de Lázaro. Los efectos socio-morales de la actitud clerical, vistos a través de sus resultados en el pícaro, no pueden ser más negativos.

De ahí que el autor resalte morfológicamente los capítulos IV, V y VI, con el fin de que el lector atienda —y así profundice— a la parte más aceradamente crítica y revulsiva de su relato. La estructura de la obra, de esta manera, se adecúa al significado, remarcando la importancia semántica de estos tres tratados disímiles. Una prueba confirmadora de lo que acabamos de exponer podría ser el hecho de que la edición expurgada del año 1573 suprimiera, junto a algunas frases más o menos irreverentes, precisamente los capítulos IV y V enteros.

El *Lazarillo*, pues, describe una situación histórica, social y moral muy similar a la que presenta Juan de Valdés en su *Diálogo de Doctrina Christiana* (1529), cuando dice que:

> ... como no se mira nada... en el que se viene a ordenar, no hacen sino hacer clérigos... Y como crecen los clérigos, y también los frailes, cresce el desconcierto y mal vivir dellos. *Y los legos toman de allí ocasión de ser ruines, y así va todo perdido.*

La novela relata, ciertamente, el caso de un lego perdido, al menos en parte, por el mal ejemplo de los religiosos.

4. Tema e intencionalidad religiosa

Veamos ahora las censuras concretas, e intentemos encontrar la base ideológica que las sustenta.

Es muy significativo el hecho de que Lázaro tenga nueve amos a lo largo de su vida, y cinco de ellos sean eclesiásticos, que, además, pertenecen al clero regular y secular. El segundo amo, el clérigo de Maqueda, es un arquetipo de avaricioso —«No digo más sino que toda la laceria del mundo estaba encerrada en éste (no sé si de su cosecha era o lo había anejado con el hábito de clerecía)»—, que come opíparamente carnero, dejando al muchacho los huesos para que los roa. Gran ejemplo de caridad cristiana este sacerdote, que incluso cuando celebra misa, en lugar de atender al sacrificio sagrado, está pendiente de las manos de su acólito, por temor de que hurten alguna moneda. La configuración de este religioso puede quedar mejor explicada si recordamos una cita del *Diálogo* consabido de Juan de Valdés:

... aquella bestia insaciable del avaricia, la cual dice el Apóstol que es raíz de todo mal; y también dice que *es el avariento idólatra.*

El buldero es un hipócrita burlador que engaña al vulgo con falsos fingimientos y supuestos milagros, con el fin único de vender las bulas. Pertenece al grupo de los que mueven al

> pueblo a unas devociones, no sé qué tales, les predican en púlpitos y fuera dellos *no sé qué milagros falsos,* y les cuentan cuentos y cosas falsas y mentirosas; y todo teniendo respeto a sus intereses malditos y diabólicos. De los cuales dice el Apóstol que *su dios es el vientre...* y de cristianos solamente tienen el nombre (Juan de Valdés).

El fraile de la Merced no tiene desperdicio. Sobre él se arroja una nube de dardos críticos, pues en breves trazos se le dibuja como libertino y vicioso («unas mujercillas... le llamaban pariente», véase **29**), sodomita sugerido («cosillas que no digo», porque el pecado de sodomía era llamado *nefando)* y poco dado a la oración recogida («amicísimo de negocios seglares»). El arcipreste de San Salvador, por su parte, además de estar amancebado con una coima, casa a Lázaro con ella (para seguir, so capa de decencia, sus relaciones sexuales), con lo que comete no sólo adulterio, sino también sacrilegio. El capellán, en fin, verdadero precapitalista eclesial, explota inmisericorde el trabajo del antihéroe —que necesita cuatro años de trabajo para ahorrar dinero suficiente para adquirir unas pocas prendas, viejas y ajadas, de vestir—, y trata asuntos económicos con él en la catedral de Toledo, es decir, en el templo, como los comerciantes expulsados de él en Jerusalén por Jesús.

¿A qué se debe esta durísima diatriba contra los religiosos? ¿Qué causas la explican? ¿Cuál es su motivación ideológica?

El feroz anticlericalismo del *Lazarillo* se ha explicado desde diversas perspectivas. Para unos —Bataillon a la cabeza— sería un anticlericalismo tópico, sin fuerza censora alguna, muy entroncado con el de los *fabliaux* medievales. Sin embargo, esta interpretación no parece muy convincente, porque, como ha señalado Molho, es preciso tener en cuenta no sólo el texto, sino también el contexto de la obra: un cuentecillo anticlerical que en la Edad Media no implicaba ataque alguno contra la Iglesia, y no era otra cosa que un mero pretexto risible a costa de la clerecía, introducido, en cambio, en el contexto del siglo xvi, con sus movimientos latentes de reforma eclesial, puede variar totalmente de sentido y transformarse en un verdadero ataque contra las bases que sustentan a esos clérigos, esto es, contra la organización de la Iglesia.

Para otros —Américo Castro— la intencionalidad crítico-religiosa del *Lazarillo* no es medieval ni reformista —erasmista, iluminista...—, sino producto de la visión pesimista de un marginado, de un converso. Y, ciertamente, desde este ángulo de enfoque pueden explicarse muchas de las actitudes de la obra, aunque en el texto no haya pruebas suficientes para determinar que su autor sea un «cristiano nuevo».

Hay también quienes ven en la censura anticlerical de la novela la mano de un reformista de la espiritualidad, bien sea iluminado, dejado o erasmista —M. J. Asensio, F. Márquez Villanueva—. Finalmente, otros piensan que todo se puede explicar bien desde una óptica católica ortodoxa y tradicional (Víctor García de la Concha).

La cuestión es sumamente compleja, y el alumno debe esforzarse por llegar a sus propias conclusiones. Véanse **12, 14, 18, 28, 29** y **35,** además de los *Documentos*. Todas las interpretaciones dadas tienen elementos válidos y otros discutibles, por lo que se hace imprescindible reflexionar acerca de unos y otros.

Lo cierto es que el embate contra la clerecía puede aclararse bastante si pensamos en un humanista familiarizado, como tal, con el erasmismo, si no plenamente identificado con él. Y ello, porque todos los religiosos que aparecen en el relato pueden, muy bien, encuadrarse dentro de la máxima erasmista «*Monachatus non est pietas*». Y porque el problema, a la vez social y moral, de la caridad es clave para pensar así. Ninguno de los amos de Lázaro es caritativo, a pesar de su condición cristiana específica de ministros de Dios. Antes al contrario, son religiosos egoístas, avariciosos y ambiciosos sólo de bienes temporales. Lo cual choca frontalmente con la siguiente afirmación de Juan de Valdés:

> *caridad* no es otra cosa sino amor de Dios y del prójimo... *sin ella no podemos ser cristianos*... esta la prefiere Sant Pablo a la fe y a la esperanza...

Según esto, la persona más cristiana de la novela sería, significativamente, el propio antihéroe.

Todos los clérigos que describe el pícaro son mezquinos, codiciosos, o lujuriosos y amigos de honras mundanas..., cuando

> el hombre [cristiano] no puede mantenerse en la resolución con el mundo, si no mortifica los afectos que viven en él de la *ambición*, de la *avaricia* e *propia reputación;* ni puede sustentarse en la resolución consigo mismo, si no mortifica los *apetitos sensuales* que viven en el su cuerpo (Juan de Valdés).

Si para los humanistas cercanos a los movimientos de reforma espiritual del quinientos los «verdaderos cristianos» deben ser «legítimos y no fingidos, evangélicos y *no ceremoniáticos*, espirituales y *no supersticiosos*», y poner «la cristiandad en la sinceridad del ánimo, y *no en solas las apariciones exteriores*» (Juan de Valdés), resulta que ninguno de los eclesiásticos amos de Lázaro es un verdadero cristiano, pues todos tienen *ídolos* interiores, como la avaricia, la ambición, la lujuria, la gula... Y es que la idolatría no sólo es externa, sino que existe también una idolatría interna, no menos supersticiosa ni ceremoniática (véase **23**).

4.1. *La honra y el erasmismo*

¿Cuál es, pues, la base generadora del anticlericalismo del *Lazarillo?* ¿Se trata de la visión de un converso marginado, de un erasmista, de un cristiano ortodoxo, de una mentalidad medieval? En todo caso, sea cual fuere la interpretación adoptada, el lector deberá reflexionar teniendo en cuenta no sólo la información que ofrezco aquí, sino también la que aparece en las llamadas de atención y en *Documentos y juicios críticos.* Asimismo, será necesario considerar no sólo las críticas concretas contra la clerecía, sino también las que se proyectan sobre el escudero y su concepto del honor, y ello porque en una novela perfectamente construida, como ésta, todos los elementos están bien trabados y se relacionan imprescindiblemente unos con otros. No olvidemos que la situación del antihéroe en el caso presenta tanto un problema clerical como una cuestión de honra.

En esta línea, podemos argumentar que, desde una óptica erasmista (o de cualquier otro signo espiritual) se explican los ataques a los eclesiásticos; pero ¿y el posible sentido antinobiliario del libro? ¿Encaja en un ángulo de visión tradicional o medieval? ¿No se entiende mejor desde el punto de vista de un marginado, de un converso? Y más aún, ¿acaso no eran conversos de origen muchos de los más destacados pensadores del erasmismo español? Lo cual quiere decir que, cuando menos como hipótesis de interpretación de la novela, es posible pensar en una mentalidad humanista y erasmista de origen cristiano-nuevo, que, por otra parte, explicaría cabalmente numerosas dudas acerca de la base ideológica motriz del texto.

Y es que la dura crítica religiosa no se proyecta sólo sobre los clérigos, sino que alcanza tanto a las supersticiosas oraciones —«ciento y tantas»— que el ciego «sabía de coro», a su egoísmo y codicia, como a la soberbia, vanagloria y concepción de la honra del hidalgo. Particular interés ofrece, cierto es, el caso del escudero, cuyo ídolo es, sin duda, el honor: «El mayor triunfo de la razón —dice Alejo Venegas— es vencer al *ídolo* mayor, que en castellano se dice *qué dirán*.» Juan de Valdés, por su parte, asegura que «grande injuria y afrenta hace el ánima del cristiano a Dios, que habiéndose de emplear toda y del todo en él, se emplea en buscar el mundo, quiero decir, en buscar *honras, riquezas, señoríos, estimaciones, favores, privanzas y otras cosas semejantes*».

El propio Lázaro critica el honor del escudero desde un plano religioso, pues dice en una ocasión: «¡Oh, Señor, y cuántos de aquestos debéis Vos tener por el mundo derramados, que padescen por la negra que llaman honra, lo que por Vos no sufrirán!»

De modo que, incluso el honor, tema clave de la autobiografía, no siempre aparece aislado, y en ocasiones, como acabamos de ver, se incardina como un subtema dependiente del eje básico religioso que preside el desarrollo de la novela.

La censura contra el hidalgo está plenamente justificada, y no sólo por lo antedicho —que desde una perspectiva crítica de la nobleza sería secundario—, sino también, y sobre todo, porque el supuesto valor sociomoral que sostiene en la cúspide de la jerarquía de clases a la aristocracia está puesto en entredicho por el propio escudero, que realiza una acre y amarga diatriba contra la nobleza —en la que se incluye—, donde muestra sus innobles atributos: bellaquería, servilismo, engaño, adulación... (véase **31**). Además, como ya sabemos, el concepto de la honra que tiene el hidalgo es puramente superficial, pues se basa únicamente en la apariencia fingida: vestido limpio y planchado, aunque un tanto solitario, porte aristocrático, urbanidad, cortesía... palillo de dientes simulador de una abundante comida... Todo, así, dependiente de la opinión de los demás, no de virtud interior.

¿Es, entonces, el *Lazarillo* un libro antinobiliario? ¿La generalización del ataque afecta a toda la nobleza, o sólo a la hidalguía? A fin de responder a esta axial cuestión, el lector deberá plantearse con anterioridad esta otra: ¿es el escudero un personaje individualizado, o un mero cliché representativo de la hidalguía, un simple «tipo»?, ¿por qué no tiene nombre propio, como ninguno de los amos del pícaro? Todas estas interrogaciones son importantes para comprender la novela; y creo que el lector puede resolverlas por su cuenta, a partir de los materiales ya desarrollados. Con todo, por si no fueran suficientes, habrá de tener presente el siguiente y capital fenómeno: el escudero es el único amo que trata bien al antihéroe.

Y es que, junto a la censura antiescuderil, debida a motivaciones religiosas (quizá erasmistas) y sociales (quizá de origen converso), aparece con claridad su defensa, ya que Lázaro encuentra en el hidalgo, por vez primera y única, la dignidad humana y la bondad. El noble no le maltrata, no se burla de él, no es egoísta, pues si no le da de comer es, simplemente, porque «nadie da lo que no tiene». Y, en perfecta correspondencia, el muchacho, ante la calidad humana —aunque parcial, como hemos visto— de su amo, saca a relucir lo mejor de su personalidad, y llega incluso a pedir limosna para darle de comer, mostrándose caritativo y cristiano, él, un pícaro hambriento. La mutua relación que se establece por unos días entre amo y mozo es insólita, por noble, cristiana y humanista, en la obra. Lo que el antihéroe no encontró ni encontrará jamás en un eclesiástico, lo halla, significativamente, en un seglar hidalgo y pobre.

¿Cómo conjugar esta dualidad básica del escudero? ¿Cómo saber si el tratado tercero es una apología o un ataque contra el hidalgo y su clase social? Dejo al alumno la respuesta de tales interrogantes.

Ahora bien, creo, no obstante, que esta paradójica situación de simultánea crítica y defensa del escudero y de su honor se explica, aunque sólo sea parcialmente, desde una óptica humanista próxima al erasmismo; y ello porque, al lado de la arremetida contra la honra social y externa que veíamos anteriormente, el mismo Valdés, por ejemplo, desarrolla sin ambigüedad su apología:

> considerando que destas cadenas con que están ligados los hombres, la más fuerte es la honra del mundo, porque más fácilmente pospone la conciencia que la honra, vengo a entender que *los hombres que atienden a la honra* del mundo, porque se atan con la más fuerte cadena, *son entre los otros hombres del mundo los menos viciosos y los menos licenciosos...*

5. Ambigüedad del *Lazarillo*

La interpretación global de la novelita es disémica por propia definición del prólogo («pues podría ser que alguno que las lea halle algo que le agrade, y a los que no ahondaren tanto los deleite»), que establece, cuando menos, dos niveles distintos de significación, según los lectores «ahondaren» o no en su visión del texto. En principio, la diferenciación semántica parece apuntar hacia un sentido cómico y divertido («deleite»), más superficial, y, sin excluir este, a otro de carácter fuertemente crítico, más profundo. Sin embargo, la narración trasciende y enriquece esos dos niveles, aumentando bastante la complejidad de su interpretación, como veremos.

Que se interpretó como obra humorística en su época, lo demuestra con claridad el título de la primera traducción francesa: *L'histoire plaisante et facétieuse du Lazaro de Tormes, espagnol.* Que también sus contemporáneos vieron el significado polémico del libro, está probado por el hecho de que la Inquisición suprimiera en 1573 dos capítulos enteros —el del fraile de la Merced y el del buldero—, además de algunas frases sueltas.

Lázaro dice en el prólogo que ha escrito su autobiografía

> porque consideren los que heredaron nobles estados cuán poco se les debe, pues Fortuna fue con ellos parcial, y cuánto más hicieron los que siéndoles contraria, con fuerza y maña remando salieron a buen puerto.

Más adelante, en el tratado I, repite la misma idea:

> Huelgo de contar a Vuestra Merced estas niñerías para mostrar cuánta virtud sea saber los hombres subir siendo bajos, y dejarse bajar siendo altos cuánto vicio.

Y es que el antihéroe se considera en el caso, con su oficio real de pregonero, en «la cumbre de toda buena fortuna»; es decir, piensa que ha ascendido verdaderamente en la escala social. Sin embargo, ¿es esto así? ¿Es, en verdad, un cambio de categoría social? Piénsese que el de pregonero es uno de los empleos más viles de la época, y que Lázaro es un ser deshonrado que acepta el matrimonio con la barragana del arcipreste de San Salvador y consiente después en el adulterio de su mujer con dicho clérigo. Desde esta óptica socio-moral, pues, ¿hay auténtica subida, o no hay tal? ¿El teórico ascenso es efectivo, o es un mero sarcasmo? ¿El pícaro ha superado el estado inicial de su herencia paterna, o se encuentra al final en la misma situación de vileza que al principio? —compárense las actuaciones de la madre del antihéroe al comienzo de la novela con las de éste al concluir su autobiografía—.

Así pues, ¿las declaraciones iniciales del relato —que transcribíamos anteriormente— son, en realidad, pura ironía y sarcasmo o no, a juzgar por el resultado final?

Lázaro, predeterminado por la herencia de sangre, no evoluciona con respecto a sus progenitores. Por eso insiste en mostrar la vileza de aquellos, porque así debía dejarlo claro para autoconfigurar su propio carácter desde la cuna. Y es que las retóricas aconsejaban modelar los personajes literarios con criterios inequívocamente deterministas. Fray Luis de Granada, en su *Retórica eclesiástica*, dice, por ejemplo:

> por el *linaje*... tomamos motivo... para conjeturar las costumbres de los que nacieron de padres ruines... Es malvado, porque es hijo de padres malvados... De la *educación y enseñanza*: es avieso porque está mal criado, y desde sus primeros años aprendió picardías... De la *crianza*: es malo, porque se hace con malos...

El autor del *Lazarillo* sigue, realmente, estos cánones, sólo que adopta una actitud burlesca hacia su personaje, que, a pesar de los resultados corroboradores en gran medida del determinismo, asegura haber escalado plenamente la pirámide social hasta «la cumbre de toda buena fortuna».

¿El pícaro se percata o no de su incongruencia, de la contradicción que el caso supone frente a sus declaraciones orgullosas de ascenso? Si no se da cuenta de eso, el sarcasmo no estaría en él, en su perspectiva, sino en la del autor real de la novela, y en la del lector, que observa la aparente —pero buscada conscientemente— incoherencia (recuérdese ahora lo que decíamos al comienzo de estas orientaciones sobre la probable perspectiva señorial de lectura).

Entonces, la cuestión fundamental en este momento es conocer las causas que han llevado a Lázaro a negar la evidencia y a sostener, pese a todo, con rotundidad, que, al final de su autobiografía, ha mejorado ostensiblemente de categoría social.

Creo que se pueden indagar dos vías —diferentes pero complementarias— de acceso a las motivaciones que explican este curioso y axial fenómeno, y amplían, de paso, la ya rica y ambigua significación de la obra; a saber: 1) vía socio-moral, inmediata e histórica, y 2) vía literario-filosófica, trascendente y universal.

5.1. *Ámbito socio-moral, inmediato, histórico y nacional*

Por una parte, el pícaro actúa de forma paradójica e incongruente, porque así le han enseñado a ver el mundo sus «maestros». Él es producto de una sociedad invertida, donde todo está trastocado, y los religiosos no viven cristianamente, ni los hidalgos con nobleza. Es, pues, lógico que su visión sea como es. Si todo está al revés, también lo estará la mentalidad del antihéroe.

Su herencia, educación y experiencia le han creado un concepto invertido de la moral, según el cual —como demostró Wardropper— «lo bueno» y «la bondad» se identifican con «lo conveniente» y «lo provechoso». El pícaro, al igual que su madre, determina «arrimarse a los buenos», porque eso significa 'asegurarse el bienestar material'. Un amo es bueno cuando le da de comer, o no le maltrata; su mujer es «la bondad» porque le mantiene.

Al igual que sucede con su moral, ocurre con el concepto que tiene de la honra. El escudero le enseñó que era pura apariencia superficial, que no tenía existencia auténtica; y él, en consecuencia, se creyó honrado sólo con vestirse los ropajes adecuados. Al final, para acentuar aún más este viciado entendimiento del honor, el arcipreste del caso le dice, con ocasión de las hablillas en torno a la discutible fidelidad de su mujer: «Ella entra [se refiere a la casa del clérigo] *muy a tu honra* y suya, y esto te lo prometo. Por tanto, no mires a lo que puedan decir, sino a lo que te toca, digo, *a tu provecho*.» Con lo que el pícaro acaba por asimilar, como había hecho con la bondad, honor con provecho.

Así pues, la moral y la honra trastocadas de Lazarillo tienen un denominador común en el que se cifran: bienestar exclusivamente temporal, alimentos suficientes, hembra disponible a veces y paz. Y ello es así, a consecuencia de una educación pervertida y nefasta, de una experiencia vital en la que sólo ha visto ambición, avaricia, egoísmo y lujuria. La enseñanza ha sido particularmente nociva por el hecho de proceder, en su mayor parte, de eclesiásticos, los cuales no sólo le han dado malos ejemplos, sino que han castrado, por ello, sus exiguas virtudes innatas. Si los que deben predicar moralidad son prototipos de vicios anticristianos, «va todo perdido», como decía Juan de Valdés.

En definitiva, pues, el de Tormes se contradice porque el ámbito de su existencia es contradictorio; no se percata de su deshonor ni de su inmoralidad, porque la honra y la moral no existen como valores auténticos en la España que ha conocido; cree que honor y virtud se cifran en satisfacciones materiales y mundanas, porque así ha observado que lo entendían sus amos. Su única meta es medrar económica y socialmente, desdeñando cualquier tipo de virtud cristiana, porque incluso los clérigos le han «enseñado» que la ambición egoísta es el propósito exclusivo que preside sus existencias.

Por todo ello, el sarcasmo que se induce de la autobiografía de Lázaro de Tormes, en tanto en cuanto afecta directamente al propio pícaro, se proyecta simultáneamente sobre la sociedad que le ha estigmatizado de esa manera, y es responsable por ello. Sociedad indudablemente inmoral, y, lo que es más destacable, inmoralizante, en la que, para mayor vergüenza, los que llevan el peso principal de la inmoralización —paradójica y trágicamente, por sus consecuencias éticas y sociales— son los religiosos. Así, la reforma de la institución eclesial, si bien no está, desde luego, explícita en la narración, creo que, implícitamente al menos, se induce claramente de ella, junto a la de toda la sociedad.

Una sociedad, en fin, en la que, como bien ha escrito Domingo Ynduráin,

> el de abajo no tiene más solución, sirva a ciegos, clérigos, hidalgos o arciprestes, obre con ruindad o "caritativamente", que prostituirse al servicio de un superior. Así lo hacen los cortesanos y así lo hubiese hecho el hidalgo si su ventura se lo hubiese permitido. De la misma forma actúan los ministros de la iglesia, la justicia y el alguacil respecto a sus ministerios en esta España Imperial.

Si «ahondamos» aún más, siguiendo la senda abierta por el prólogo, vemos que esta visión de una España sangrante, dura, inmisericorde y desgraciada, proyecta su sombra amenazante, inevitable y, otra vez, paradójicamente, sobre las victoriosas Cortes del reino que el Emperador Carlos V celebra en Toledo —las de 1525, tras el éxito de Pavía, si no estamos errados—, cuando concluye la autobiografía. De este modo, en la última mueca sarcástica de la novela, se dan — ¿incongruentemente?— la mano la España oficial, imperial, histórica y gloriosa, y la España real, cotidiana, intrahistórica y doliente, deshonrada, miserable... ¿Es una casualidad que se aúnen las dos Españas al final de la autobiografía? Si no lo es, ¿por qué aparecen juntas la España del dolor, la inmoralidad y el deshonor, y la España de las campañas militares victoriosas y la expansión imperial?

5.2. *Ámbito literario-filosófico, trascendente y universal*

Desde otra perspectiva, más trascendente, aunque perfectamente compatible con la anterior, podemos pensar, con Francisco Rico, que la interpretación es polisémica, al abarcar múltiples puntos de vista.

El ascenso social de Lázaro, dada su ambigüedad, ¿permite análisis diversos, según sean los ángulos de visión de sus lectores? De ser así, ¿supone la perspectiva señorial de lectura una armonización de la polisemia, o una invalidación de la misma?

Desde una óptica medieval, cuya visión del mundo jerarquizada y estamental entiende que herencia y ambiente abyectos imposibilitan cualquier cambio social ascensional, Lázaro no ha variado de rango, predeterminado por dichos factores. Desde una perspectiva renacentista tampoco, porque los humanistas afirmaban que era posible el cambio de clase sólo mediante el ejercicio de la virtud; luego, como el pícaro no la ha practicado, no ha subido de estamento. ¿El pícaro, entonces, no ha escalado peldaño alguno en la pirámide social, a pesar de lo que dice? ¿Por qué? ¿Porque somete voluntariamente su autobiografía a un análisis de arriba a abajo, desde la jerarquía superior social y moral a la inferior? ¿Porque la perspectiva señorial de lectura implica no aceptar la óptica del plebeyo pícaro como válida? El protagonista, sin embargo, dice que sí, que ha elevado su categoría; y, ciertamente, aunque en proporción limitadísima, algo ha ascendido, pues ha pasado de ser un pobretón hambriento a satisfacer normalmente las exigencias de su estómago, de ser un harapiento limosnero a vestirse de hombre de bien, y de gravitar en torno al mundo de la mendicidad a tener un oficio real, aunque vil.

De esta manera, al ser la autobiografía conscientemente ambigua, el punto de vista de su héroe-narrador resulta discutible, por lo que suscita necesariamente la interpretación del lector, desde otros ángulos diferentes, con lo cual, el conjunto del relato implica una visión polisémica. **Pero**, independientemente del juego dialéctico «yo» narrador-«tú» lector, lo que en definitiva queda como sentido último del *Lazarillo* es que cada ser humano tiene su visión del mundo, motivada por sus especiales circunstancias de nacimiento, educación, experiencia y situación social; que la vida no es unívoca, sino múltiple, conforme a las diversas perspectivas individuales que la enfoquen.

La magistral factura literaria de la novela confirma esta polisemia, en impresionante coherencia con todos sus elementos, de forma —¡cómo no!— paradójica. Puesto que, a fuerza de ser fiel a la óptica única, da lugar casi necesariamente a una lectura pluriperspectivista para su cabal comprensión.

¿Es la paradoja una norma interna de composición del relato? Y si la respuesta es afirmativa, ¿por qué? ¿Qué persigue el autor del relato con sus aparentes contradicciones?

El pícaro, como novelador de su propia vida, ofrece exclusivamente su ángulo único de visión sobre ella. Y, así, se equivoca él y despista, por ello, a los lectores, en los episodios del escudero y del vendedor de bulas (véanse **19** y **36**). En el primero, como Lázaro, creemos que el buen porte del hidalgo, su talante y sus acciones son una buena señal, y le seguimos con esperanza, justificando que no compre víveres, o que su casa esté incluso vacía, con nuestra imaginación, hasta que comprendemos, con el pícaro, nuestro error: todo lo anterior queda aclarado, porque el escudero es pobre. Igual sucede con el buldero, pues el mozo cree —y nos hace creer— auténtica la riña entre su amo y el alguacil, así como el castigo posterior —supuestamente divino— de éste ante el altar mayor, y el subsiguiente milagro que efectúa la bula, sanando al servidor de la justicia. Sólo al final nos damos cuenta de que todo ha sido un engaño para vender las bulas.

La articulación unitaria de tema, técnica creadora de ilusión realista, autobiografía y punto de vista único sobre la realidad es perfecta. Gracias a su impecable factura, nosotros, equivocados como —y con— Lázaro, podemos captar bien la índole de su error: la realidad verdadera, tal cual es, sin elementos que la modifiquen, aparece en ocasiones como falaz y engañosa; la realidad, pues, presenta apariencias diferentes según los diversos puntos de vista. La perspectiva, entonces, altera la realidad, y hace que ésta dependa de aquélla, y no a la inversa, por lo cual ocupa el lugar fundamental en toda interpretación del mundo.

De ahí que Lazarillo, al concluir su narración, no tenga en cuenta lo que ve y oye acerca del caso, sino lo que le afecta de manera más directa, lo que atañe a su estómago o a su integridad física. El pícaro comprende la verdad del escudero cuando siente hambre, y la maldad del clérigo de Maqueda cuando recibe el golpe; pero no ve, no oye la realidad del caso, porque en ese instante su estómago está bien repleto.

Merced a la cohesión absoluta con que la obra usa la perspectiva única de visión del mundo, logra en ocasiones que el auto-engaño del pícaro lleve anejo y simultáneo el de los lectores de su autobiografía, con lo que también consigue —y es fundamental— que éstos comprendan (o puedan comprender) perfectamente la causa de su negativa a aceptar la certera realidad del caso; y, a la vez, logra que entiendan la autenticidad y validez de su punto de vista sobre su propia vida —aunque no lo compartan e interpreten el caso de forma distinta—. Y ello porque es necesario que nosotros, lectores, aceptemos la verdad —bien que sea sólo para él— de su óptica de enfoque, ya que, de esa manera, al suscitar nuestros puntos de vista diferentes sobre ella (motivados por circunstancias culturales, históricas, sociales, morales, etc., distintas), éstos podrán ser tan certeros y objetivos como el de Lázaro. Es decir, los diversos ángulos de visión serán válidos en la medida en que lo sea el del pícaro, por lo que el sentido último de la novela (polisemia de la vida y de la realidad, conforme a las concretas circunstancias individuales desde las que se enfoca) depende, a lo que creo, de la coherencia, rigor y decoro del punto de vista de Lázaro. He ahí la genialidad y la paradoja aparente, pues que se implican forzosamente unicidad y multiplicidad de significados.

Así pues, merced a la sabia utilización de ambigüedad, perspectivismo e ironía, el *Lazarillo de Tormes* consigue que el lector intervenga activamente en la interpretación de su contenido y se haga, en cierta medida, necesariamente, co-autor de la obra, en genial hallazgo literario, que, desde luego, no pasará desapercibido a Cervantes, quien lo elevará a cotas sólo alcanzables para su inteligencia literaria en el *Quijote*.

6. Estilo y otras lecturas

Acerca de todas las cuestiones referentes al estilo del *Lazarillo*, véase el excelente análisis de A. Blecua en el apartado de *Documentos y juicios críticos*, y plantéense las cuestiones a partir de allí. Por lo que respecta a la interpretación cómica de la obra, véase, allí mismo, el fragmento de M. Bataillon. En cuanto a otras lecturas de la novela, que no la ven ni una muy precisa intencionalidad crítica, ni sólo cómica, véanse los fragmentos allí seleccionados de Víctor García de la Concha, lejos de la línea que aquí ofrecemos, y Fernando Lázaro Carreter, mucho más cerca de la nuestra y sumamente atractiva.

EL EDITOR

ANTONIO REY HAZAS

(Guadalajara, 1950), Catedrático de Literatura Española, ejerce y ha ejercido siempre su docencia en la Universidad Autónoma de Madrid. Ha dedicado la mayor parte de su trabajo a investigar la obra de Cervantes, en primer lugar; la novela picaresca, a continuación; otros géneros narrativos de los siglos XVI y XVII, después; la literatura de los siglos XIX y XX, con la poesía contemporánea a la cabeza, por fin; y, en menor medida, el teatro del Siglo de Oro. Fue también, durante siete años, presidente de la Asociación de Profesores de Español de la Comunidad de Madrid, y ahora es Director del Departamento de Filología Española de la UAM.

Entre sus últimas publicaciones destacan *Artes de bien morir. Ars moriendi de la Edad Media y del Siglo de Oro* (Madrid, Lengua de Trapo, 2003); *Deslindes de la Novela Picaresca* (Universidad de Málaga, 2003); *Miguel de Cervantes. Literatura y vida* (Madrid, Alianza, 2005); *Poética de la libertad y otras claves cervantinas* (Madrid, Eneida, 2005); *El nacimiento del cervantismo. Cervantes y el Quijote en el siglo XVIII* (Madrid, Editorial Verbum, 2006), con Juan Ramón Muñoz Sánchez, y *El vino, su cultura, su mundo, su literatura, su vocabulario: España, siglos XVI-XVII* (Madrid, Eneida, 2010).